JN069069

宮廷墨絵師
物語

主な登場人物
皇太后
先帝が病で亡くなった後、政務を取り切っていた。権力への執着心が強く、自分の地位を保つためには何でも行う。
コウ・シャオラン
鴻紹藍
食堂の従業員をしている際、墨絵の腕を買われて後宮の官吏としてスカウトされる。現実主義で欲がなく、さっぱりした性格。
コウジュン
江遵
蜻蛉省の副官。『下町の画聖』と言われる鴻紹藍をスカウトした謎の多い男性。打算的ではあるが、人が良い一面もある。

カン・ギョクラン
環玉蘭
後宮で黒妃と呼ばれる
妃。茶会に酒を並べる
ほど型破りな性格。自
身が女性らしくないこ
とは自覚しているが、
変えるつもりはない。
ブ・フヨウ
武芙蓉
後宮で白妃と呼ばれ
る妃。皇后の地位に
興味がなく、現在の
環境が守られればよ
しと思っている自分
の利益を好むタイプ。
セイ・メイファ
清梅花
後宮で緑妃と呼ばれる
妃。不正を嫌い、正々
堂々とした性格だが、
その志に実力がついて
いかない面がある。
セイ・シュレイ
成朱麗
後宮で赤妃と呼ばれる
妃。純粋で皆から愛さ
れるお嬢様そのものだ
が、箱入り娘として育
てられたために、あまり
情報の精査ができない
といった問題も。

第一章　下町の画聖、官吏となる …… 3

第二章　妃たちの矜持 …… 33

第三章　画家の休日 …… 108

第四章　噂と妃と真相と …… 136

第五章　その軌跡が結ぶ笑み …… 188

外伝　皇弟偽装回顧録 …… 249

番外編　名無しの手紙の落とし穴 …… 273

宮廷墨絵師物語

紫水ゆきこ

イラスト
夏目レモン

第一章　下町の画聖、官吏となる

風光るという言葉が似合う、徐々に力強さを増す日差しが風をも輝かすのではと思わせるような天候のもと、大衆食堂『燦々（さんさん）』は今日も客が溢（あふ）れていた。

炒めた肉や野菜、煮込まれた汁物に薬膳粥（やくぜんがゆ）、それから口をさっぱりさせる茶、餡（あん）の詰まった肉饅頭（まんじゅう）。

客はそれぞれが求めた料理を豪快に食べ進めたり、微笑みながら味わったり、静かに目を閉じて想いに耽（ふけ）ったりとさまざまな表情を浮かべ、各々が楽しんでいた。

そのような状況を鴻紹藍（コウシャオラン）はいつものように観察しながら、次々と料理を運んでいた。

（本当にここのお客さんたちはいい顔で食べるよね。今度紙が買えたら、またこの景色を描こう）

そう想像を膨らませる紹藍は十六歳。

六歳の頃からこの店で働く彼女は、元士族の名家である玲家の血を引いている。

だが、紹藍が令嬢として生活したことは一度もない。

若くして玲家当主を継いでいた父は流行病で紹藍が生まれる前に亡くなり、母は父と同じ病に罹った庶民の治療に財産を全て使い切ったため、生まれた時には玲という家名は潰え、庶民だったのだから。

もっとも、紹藍が『令嬢だったらよかったのに』と思ったことは一度もない。

それは令嬢としての生活を知らないからということも理由にあるが、何より日々の生活に不満がなかったからだ。

ただし不満がなくとも、金の工面に困ったことなら多々ある。

母は懸命に働きながら紹藍を育てていたものの、もともと体は強くなく病気がちだった。

しかし金がないと薬が買えない。薬が買えないと体がよくならず、徐々に働けなくなる。

そんな悪循環を打破しようと、紹藍は六歳になった時に現在働くこの食堂に自分を売り込み、職を得た。

(でも、よくあの歳で雇ってもらえたわよね。記憶力がよくて助かったわ)

あまりに幼い労働者では役に立たないと最初は女将にも断られかけたのだが、紹藍は記憶力でその関門を突破した。

断るための口実にすぎない試用期間中に、どんなに混み合っていても注文も配膳も間違わない正確さを披露したのだ。しかも、誰よりも動きが早く迷うことがない。

当時は体の小ささで配膳時に食事を落とすのではないかという心配もされたが、そのようなことも試用期間中に起こさなかったため、利点を大きく認められ、雇用にこぎつけた。

ただ、職を得て看板娘として順調に成長した状況でも貧乏生活から免れることはない。決して給金が上がってないわけではない。しかし年々母の薬代が増えていくため、余裕ができないのだ。

それでも、決して生活できないわけではない。

そのため、紹藍はあまり悲観していなかった。

そして貧乏生活であっても、紹藍は趣味を見つけることができたため、心を穏やかに保つことができていた。

紹藍の趣味は絵を描くことだった。

当初は食堂で働く時間以外にも他所で働けないかと考えていたが、やはり年齢が原因ですぐに雇ってもらえる場所はなかった。燦々に頼み込んだ時のように、試用期間を設けてもらうこともできず、働けるということを示すことができない。

そんな状況に対し半ばいじけた紹藍は、なんとなく土に木の枝で絵を描いた。

しかしそれらは思ったよりも楽しく、そのうち熱中してしまった。やがて通行人にこれは見事だと褒められ、日課になっていった。

その後、通行人の要望に応えていろいろ描いていると、やがて報酬として墨（すみ）や、お下がりの筆をもらうことがあった。

そこで紹藍は河原で綺麗に表面が削られた石を探して動物や鳥を描いてみると、文鎮として使いたいと買い取りを申し出られることが度々発生するようになった。おかげで今は食堂の一角で販売も行っている。

さらには紙と新しい筆を持ち込んで人物画や風景を描いてほしいと報酬付きの依頼を受けるようになり、気付けば第二の職業のようになっていた。

現在働いている食堂にも、紹藍が女将からの依頼で描いた大きな風景画が飾られている。

紹藍が描いた中でも特にこの絵は興味を惹かれる者が多いことから、紹藍は店では『下町の画聖』と呼ばれている。が、これは本人にとってかなり恥ずかしい呼び名でもある。

(誰かに師事したわけでも、きちんと修行したわけでもなく、自由に描いてるだけだから、本当に絵に詳しい人に画聖なんてたいそうな響きを知られたら絶対笑われるわね)

もちろん自分で名乗るわけではないのだが、聞いた人は本人が名乗っているか否かなど知らないだろう。

描いたものを喜んでもらえるのは嬉しいが、不相応な呼び名は恥ずかしいのでぜひやめてもらいたいと思っている。

そもそも似顔絵一つで定食二食分の基本料金で画聖と呼ばれるのは、いささか大袈裟すぎる。

（もちろんもう少し稼げるようになったら、自分の描きたい絵をもっと描きたいとも思うけどね）

紙は高い。

そのため練習は、いつも木片に使い古した筆を使っている。

だが、いつか生活に余裕ができれば紙を買い、しっかりした筆で自分の描きたい絵を遠慮なく描いてみたい。

販売用の文鎮には比較的好きなものを書いているが、やはり滲みやぼかしを楽しむとなると紙が必要だ。

そう紹藍が考えていた時だった。

「なんだ、このゴミの集まったような空間は」

それは明らかにこの場所を見下した、失礼な声だった。

（何事かしら？）

紹藍が入口を見ると、そこにはこれでもかというほど丸い身体をした男がいた。日に焼けていない肌はこの食堂では珍しいうえ、身体が満足する以上の偏った食事を普段から摂取していることが窺え、おそらく庶民ではなく士族なのだろうと想像ができる。

（その割に衣服の仕立ては雑で、生地もやや傷んでいる。士族だとしても裕福そうではないわ）

ただし、たとえ裕福であっても馬鹿にしていいものがこの場にあるわけではない。かといって無視していれば暴れ出すだろうことは想像できたので、紹藍は渋々男の元へ行った。

「いらっしゃいませ」

「何を言っている？　私は客ではない」

（じゃあ来ないでよ）

口から飛び出しそうになった言葉をぐっと堪え、代わりに「左様でございますか」と返答した紹藍は表面上にこやかに続けて問いかけた。

「では、どのようなご用件でおいでになったのでしょうか」

「ここに下町の画聖とやらが出入りしていると聞いてやってきた」

「下町の画聖ですか」

まさか自分のことを探しにくる士族がいるとは思わず、紹藍は内心顔を引きつらせた。士族というだけでも面倒なのに、その中でも特に面倒そうな相手が自分を訪ねてくるなど、嘘であってほしいと切に願わずにはいられない。

「取り立ててやろうと思ってな。こんな貧しそうなところに入り浸るのではなく、我が家で絵が描けることを光栄に思うだろう」

「左様でございますか。では、お断りいたしますので、どうぞお帰りくださいませ」

「は？」

「私にご用事がおありのようですが、あいにく魅力的なお誘いだと感じませんでしたので、どうぞお引き取りくださいませ」

そうして紹藍は優雅に一礼をした。

これは紹藍ができる、数少ない上流階級の動作である。

手習いなどはできずとも挨拶(あいさつ)ならば稽古(けいこ)できると、母から何度も指導を受けたことであるので、違和感など生じる隙のない完璧な流れを築けている。

だが、紹藍の返答に初め間抜けにも口を開けていた丸い男はその後、顔を真っ赤にさせた。

「ふざけるな!!　女の画家だと!?」

「至って大真面目でございます」

「私に嘘をつくな！　適当にあしらって構わないと本気で思っているのか!?」

本気で断っているので決して適当ではないのだが、紹藍は少し参った。女性画家がいないというのは、誤りとまでは言えない。少なくとも有名な画家で女性画家はいない。紹藍が知らないだけの可能性はもちろんあるが、過去に一度『お前が男であったなら弟子に考えてやってもよかったのにな』と言われたことがあり、女性画家は基本的にいないのだろうと認識している。

だが、そもそも紹藍の職業は画家ではない。

本業は食堂の従業員、趣味の延長で絵を描かせてもらっているだけだ。

「店主を出せ！　この無礼者を放っておく気か⁉」

「なんだよ、さっきからうるさいね！」

丸い男が叫んだからというよりは、初めの侮辱からたまりかねていたのだろう。それまで調理に従事していた女将は怒りを露わにしていた。

「な、誰にものを言っている‼」

「うるさいお前に言ってるんだ！　画聖は断っているだろう、客でないなら早く出ていっとくれ！」

相手が士族だろうと女将に怯む気配は全くなかった。その姿に食堂の客は尊敬の眼差しを送っているが、それはますます丸い男の神経を逆撫でた。

「店ぐるみで私を侮辱する気か⁉」

そう言った士族は腰に手を当てた。

そこには長剣がある。

（まずい）

そう思った紹藍は、丸い男が女将に向かおうとするところに割り入ろうとした。

同時に刃物が見えたところで、客から悲鳴も上がる。

だがその直後に鈍い音が響き、丸い男は倒れた。

丸い男が一人でに転んだように見えた者が大半だっただろう。

だが、紹藍には見えていた。

麺を啜っていた男が素早く立ち上がり、女将と丸い男の間に入り、すっと剣を避けて綺麗に丸い男を殴り飛ばしたことを。

それはまるで武官のような俊敏な身のこなしであったが、男は優男といった風態で、戦いに向くようには思えない。

「だ、誰だ！　貴様は！」

丸い男の言葉に紹藍も初めて同意した。

一体何者だ、と。

それに対して男は短く返答した。

「蜻蛉省」

それは紹藍にとって聞き慣れない単語であった。しかし疑問に思った紹藍とは対照的に丸い男は固まり、震え、そして土下座した。

（え、どういうこと……？）

何が起こっているのかは不明でも、少なくとも優男が丸い男より身分が高いことは分かる。

それを見た優男は女将に笑いかけた。

「女将はこの者にどのような処分をされたいだろうか？」

「え……？　そ、そうだね。その男にこの通りへの出禁と下町の画聖への接触禁止、あとは今壊れた椅子の弁償は求めたいね。あとは面倒だからいらないよ」

「お、お支払いいたします！」

丸い男は今までの態度から一変し、手持ちだったらしい金子(きんす)入りの巾着(きんちゃく)を置いて逃げるように店を出た。巾着には実損以上の額が入っているのは明らかだ。

男はそれを見送ってから、紹藍と女将の顔を見た。

「大事はないようだな」

「え、ええ」

「ああ、ありがとよ。あんた、強いね……？」

女将の言葉が疑問形になったのは、物理的な強さもさることながら、一言で丸い男を震えさせたこともあるのだろう。

しかし、なぜその言葉で丸い男が逃げ帰ったのかは分からない。

「ま、まぁ、お兄さんのおかげで早く片付いたし！　何か追加で食べないかい？　ほら、お代はさっきの奴が置いていったし！」

「それは魅力的な誘いだが、実はたくさん注文したから満腹に近くてね。それに、私の用事も見つかったので、その誘いはまたにするよ」

用事とはなんだ、食事が目的ではないのかと紹藍は一瞬だけ思ったが、この男は少々だらしのない服の着方をしているものの、生地や仕立ては先ほどの士族よりよほどよいものだった。もしかしたら先ほどの士族よりも位の高い士族かもしれないと紹藍が思っていると、軽く一礼した。

「実は私も下町の画聖を探しに来ていたんだ」

(え、嘘でしょ)

「まずは話を聞いてもらえるか?」

士族が自分を訪ねてきたことなど今までなかったはずなのに、なぜ一日で二人も士族がやってくるのか。

(もしかして厄日(やくび)?)

しかし場を収めてくれた男を無視するわけにもいかず、紹藍は乾いた笑みを男に返すことになった。

大賑(にぎ)わいの店の中では落ち着いて話ができる気がしない。

加えて、あの騒ぎのあとで注目されているのであれば尚更(なおさら)だ。

そこで紹藍は仕方なく自宅に男を招くことにした。

今の時間であれば母は診療所へ行っているはずなので、突然男を連れて帰ってきたと言っても腰を抜かされることもないはずだ。

（もっとも、士族らしき人を這いつくばらせるような人を家に連れていってもいいものか迷うところではあるけれど……）

だが、他に都合のいい場所を思いつかないので仕方がない。

「粗末な場所で、お出しするお茶もございませんが……」

「気にせずとも構わない。それに茶なら先ほどの店で飲んだ。なかなか美味かったな」

男は本当に気にしていない様子で敷物もない板間に座った。

掃除はしているものの服が板のささくれに引っかかりはしないかと紹藍は少し気になったが、男は注意を払うことなく興味深げに家の中を見回していた。

「……あの、物色なさるおつもりなどないのは百も承知ですが、あまりまじまじ見ないでいただけますか」

「失礼。いや、絵があちらこちらにあると思ってな」

男の言う通り、屋内には紹藍の絵は多い。

とはいえきちんと紙に描いたものではなく練習用の木片だったり、お盆であったり、繕い続けたボロ切れ同然の服や袋を誤魔化(ごまか)すために描いたりと人に見せられるようなものではない。

（でも、絵のお仕事の話をしたいのなら見ても仕方ないのかもしれないわね）

しかしこの状況を脱するためにも、まずは話を始めなくては終わりがこない。

「まずは名乗らせていただきます。私、鴻紹藍と申します」

「これは失礼。私は江遵(コウジュン)という」

「では江遵様。私の見立てでは江遵様は裕福な方だと思います。どうして本物の画家にお話を持っていかれないのですか」

どういう依頼かと尋ねる前に、紹藍はどういうつもりかと尋ねたかった。

すると江遵が目を瞬かせた。

「なぜ、そう思う？」

「その服装で仰いますか？」

「目立たぬようにしていたつもりだが」

「本気で仰(おっしゃ)っているのであれば変装力不足でございます。庶民にしては上等な仕立てすぎますし、シワも着古した故ではなくわざとつけたものでしょう。だいたい、士族と思(おぼ)しき方が震え上がる相手が平民だとは思えません」

ほんの数秒だけなら気付かれないかもしれない。しかし少なくとも紹藍であれば、注目すれば違いに気付く。

「観察力が鋭いのだな」

「お世辞は結構。それより理由をお聞きしても？」

「ああ、そうだな。ありきたりな絵では意味がないからだ」

そう言いながら、江遵は一つの石を懐から取り出した。

それは以前紹藍の客が、自分の顔を描いてほしいと依頼してきたものだった。

あの客の知り合いだったのかと紹藍が驚いていると、江遵は言葉を続けた。

「このように墨のみで濃淡を使い分けて描く画期的な絵に興味を持った。加えて、この絵の雰囲気が欲しくなった」

「雰囲気でございますか」

「ああ。この型破りな絵には力強く立体感があり、まるで本物のようだ。しかし意図的に特徴をやや強調・誇張している部分もあり、人物の雰囲気が分かりやすい。生きている絵とでも言えばいいのか？　なんにせよ私が今求めている人物画に一番ふさわしいのではないかと考えた」

「そ、それは……一体、どのようなものを描く依頼なのでしょうか？」

できるだけ断るつもりであったが、あまりに褒められたことで、つい紹藍は尋ねてしまった。

「皇帝陛下にお渡しするため、後宮で見合い用の絵を描いてほしい」

「……え？」

それは軽い気持ちで聞いた紹藍にとって、いろいろと意味が分からない言葉であった。

この国で後宮と言えば、皇帝の妃たちが住む場所しかない。そこで描くとなると、妃たちのことだろう。

（既に妃なのに、お見合い用なの？）

さらにそのような場所に住む高貴な女性の絵を、しかも皇帝に見せる前提で自分に依頼するなど冗談としか思えない。

だが、江遵の目は笑っていない。

「……意味が一切分からないのですが」

「まず、私は皇帝陛下が全く後宮に向かわないことに現在頭を悩ませている」

「それはなぜでございましょうか？」

「先帝が病で崩御なさったあと、陛下は幼くして即位されたが、先帝と同じ病に罹患されていた。そのため皇帝陛下が成人なさるまで皇太后が一時政務に就き、後宮に入る女性を選んだが……皇太后は評判がアレだろう？　陛下はこれを快く思っておられず、一度も個別に顔を合わせたことがない」

評判については、政治に疎い紹藍でも知っている。

『私欲に満ち、それ故に隠居を命じられた仮初の女帝』というのが市井での評判だ。もちろんどこまで本当か分からないし、皇族を公に非難することはできないし、そもそも面倒ごとに繋がりそうなので耳にしたことがある、という程度の知識ではある。

ただ、わざわざその話を引き合いに出すくらいなのだから、少なくとも皇帝側から見ると合っている部分もあるのだろうと紹藍は理解した。

「……でしたら、ご自身で選びなおされてはよいのではないでしょうか」

「手続き上は瑕疵がないことに加え妃たちに過失もない以上、それはできない。加えて陛下は異母兄弟がいるため必ずしも自身に世継ぎが必要ではなく、時間があるなら仕事をしたいとお考えで、その作業をするつもりは一切ないだろう」

　先帝が崩御したのは十七年前のはずだ。

　現在二十二歳であるはずの皇帝は当時五歳。成人してからも六年は経過している。

　確かにここ数年は異常気象で民の生活が不安定になる時期も多かったことから、後宮に入り浸ることなく政務に励んでいたのであれば、真面目な皇帝だと感心するものの、一度も妃に会っていないというのは少々度が過ぎていると紹藍でも思う。

（色ボケよりはいい陛下そうだけれど……それは……）

「お陰で政務は滞りなく進んでいるが、妃にも人の心がある。陛下が忙しいことを理解していたとしても、成人したにもかかわらず、いつまでも放置され続けるのはあんまりだろう？　だからせめてそこに心を持つ人間がいるということが陛下に伝わるような肖像画を描いてもらいたいと考えた」

「それで『お見合い用の絵』なのですか」

「宮廷と関わりのある画家なら存在はするが、男は後宮には入れない。別の場所で描かせるということもできはするが、妃においでいただくにも問題がある。もっとも、その問題が解決できようとも従来の絵とは異なるあなたの絵を描いてほしいという願いは強い」

これほど自分の絵を懇願されるのは初めてだと紹藍は思った。

だが、同時にこれはまずいことではないかとも思ってしまった。

（皇帝陛下に関する案件で頭を悩ませるって……江遵様は、相当お偉い方だわ）

先ほど丸い男に対して言っていた『セイレイショウ』なるものも、役職の何かだったのかもしれない。

適当な言葉遣いばかりしていたが、今も不敬にあたらないかと紹藍は少し心の中で汗を流した。一応江遵は気にしてはいなさそうなので今更改めるつもりもないが、かなり厄介（やっかい）な話になってきた。

（そう、面倒ごとに違いない）

勝手なイメージではあるが、女の園というだけで後宮には面倒くさそうな雰囲気を感じるので、やはり近づくことは得策ではない。

しかも妃たちは自分よりかなり身分が高い。絵を気に入られなければ何を言われるか分かったものではない。そもそも口だけであればまだマシなのかもしれない。

ならば、角が立たないよう断るしかない。

「用件は把握できました。ですが、私は自身の稼ぎで母と二人、生計を立てております。姿絵を描かせていただくことで欠勤すれば今後職を失う可能性もあります。それに突然辞めると店に欠員が生じ、長年お世話になった店主に迷惑もかかります」

紹藍は申し訳なさそうに装って、そう告げた。

接客業で培われた表情を作る技術は、なかなか立派だろうと自画自賛したくなる。

しかし江遵は驚くことも困った様子を見せることも全くなかった。

「代わりの労働者が必要であれば私が手配しよう」

「え？　いえ、そうではなくて」

「給金の話も詰めなくてはな。基本給は官吏を基準に考えている」

「え……？」

空耳かと思う発言に紹藍は戸惑った。

（官吏⁉　そんな待遇、ポンと言っていいものなの⁉）

科挙を通過せねばならない官吏は、その努力に見合うだけの給金が支給されている。だが、その倍率はあまりに高く、生来の頭のよさに加えてかなり勉学に励む環境を整えられていなければ出発点にも立てはしない。

そのような精鋭と同基準に支給される給料がいかほどのものなのか、もはや紹藍には想像がつかない。だが少なくとも母によい療養環境を整えてもお釣りがあり、生活に余裕ができるだろうことは想像できる。

しかも、江遵は基本給と言った。

「絵については別途、相応の金額を示すつもりだ」

「それはいかほどで……？」

「そうだな。だいたいだが……」

そして告げられた金額に紹藍は目眩を覚えた。江遵が示したのは紹藍の三カ月分の給金だった。

（嘘でしょ⁉　それだけあれば絵の道具だって買えるわ。夢の夢だった顔料だって買えるかもしれない……！　そうなれば絵に色を入れることもできるわ……！）

そう胸をときめかせかけた紹藍は、しかし急いで現実を見ようと試みた。

美味い話には裏がある。

世間に揉まれた紹藍は、そんな状況を見聞きして育っている。

やはり、堅実が一番平穏かもしれない。

「陛下も多数の絵を渡されても面倒だと束で捨てかねない。故に現状では高位の妃を描いてほしいと思っている。実際陛下がお会いになれば私的に追加報酬も考えている。なんせ私の悩みが一つ減るのでな」

「で、ですが……」

「言っておくが、陛下に関する内情を知った以上、断るのであればそれなりの対応が必要となる」

「……え？　そ、そっちが勝手に喋ったんじゃないですか!!」

いや、初めに話すよう促したことは認める。

だが皇帝に関することだとは想像もしていなかったし、聞いただけで否と言えないのであれば、その前に一言断ってくれていたらよかったのだ。

(もしかして、この人……それが狙いで言わなかった!?)

思わず睨めば、江遵が笑った。

「悪く思わないでくれ。ああ、紙や筆、それから墨も自由に使えるから安心してほしい」

「そ、そんな心配などしておりません！」

むしろ心配する余裕が今の紹藍にはない。

魅力的な文具を自由にという誘いには少し心が揺れたが、それでも騙し討ちはよい気持ちがしない。

これでは勧誘ではなく脅迫だ。

「そうか？　まぁ、悪くない条件は整えよう。気分転換をする必要があるなら自由に絵を描くための有給をとればいいし、仕事のための練習とあれば備品の使用もやむを得ないだろう。もちろんその後、その絵をどう使おうと本人の自由だろう」

「……例えば、その絵を売却しても構わないと？」

「常識の範囲であれば問題ないだろう。あまりに高価なもの……例えば金粉を散りばめた絵となれば見過ごせないかもしれないが」

「金粉を散りばめた絵ってどんな絵なんですか」

飄々と言う江遵に、紹藍はため息をついた。

飴と鞭という言葉はこういう時に使われるものなのだろう。

「……お断りできないのであれば、契約せざるを得ませんね」

客観的に見れば、人間関係の面倒くささがあるとしても破格の条件で、二度とこのような高待遇を得られることはないだろう。

それに母のことを考えれば、受ける方がいいに決まってはいる。

「ただし条件は書面で記してくださいませ。今、仰ったことを必ず含めて」

些細な抵抗ではあるが、紹藍はため息混じりにそう言った。

「もちろん。引き受けてもらえて光栄だよ、画聖殿」

そう砕けた調子で言った江遵は、キラキラと輝いているようだった。

造形のよい顔の男の無駄に輝く笑顔は、この上なく胡散臭い。

「そうだ。私の立場の説明がまだだったな。私は蜻蛉省の副長官だ。あなたは私の部下になってもらうよ」

(……副長官って、想像以上に偉い人じゃい!!)

セイレイ省というのはおそらく部署名だろうということを把握しながら、紹藍は顔を引きつらせた。

春は出会いの季節とも言うが、こんな出会いはいらないと紹藍は思わずにはいられなかった。

勧誘から三日が過ぎた、正午過ぎ。

紹藍は皇城の一角の、後宮に比較的近い場所に与えられた自室で自分の荷物を解いていた。

（こんなところに足を踏み入れるどころか、まさか住むことになるとは……）

本来ならば通いでも構わないらしいのだが、紹藍の住まいである下町から通えば服装だけで激しく目立つ。

そのうえ、仕事の内容が皇帝に関わることなので外部との接触を減らし、下手に口を滑らさないようにしておく方が無難だ。住み込みの提案を受けた紹藍は迷わず住み込みで働くことを選んだ。

（前払いの給金で母さんも療養所で暮らせることになったし、この選択は正しいはず）

ただ、この状況にまでなってもなお『本当に雇われたんだよね？』と、どこか実感が湧かない部分もある。

騙し討ちのように雇われたので、雇われたこと自体も騙し討ちではないかとどこか疑ってしまうのだ。

そんなことを考えていた時、扉の向こうから声がかかった。

「開けても構わないか」

「あ、どうぞ」

江遵の声に紹藍はすぐに了承した。

そして、その姿に少し驚いた。

「どうかしたか？」

「いえ……下町でのお姿は私服だからかと思っていたんですが」

「ああ。堅苦しいのは苦手だからな」

いくらか着崩したように見える姿は、本人にも自覚があるらしい。

官吏、しかも副長官という立場ながらそのような振る舞いでいいのかと紹藍は深く疑問を感じたが、誰も注意をしていないのであれば、少なくともこの男に関しては問題がないのだろう。

同時に、服装程度では何も問題とされないほどの実力者であるのだろうとも思う。

「そんなことより、雇用契約を記してきた。目を通してくれ」

「はい。ええっと……一つ、官吏に準じて登用する。配属は蜻蛉省と定める……って、実際に官吏扱いなんですか!?」

「言っていただろう？」

「お給金面での待遇は確かにお聞きしていましたけど、官吏扱いでの登用とはお聞きしていませんが!?」

「なんだ、そんなことか。似たようなものだろう」

「ですが、私は科挙に受かるほどの頭脳など持ち合わせていません！」

それなのに準じた扱いなどを受けては、勉学ができなければこなせない仕事まで回ってくるかもしれない。そう紹藍は焦るが、江遵は軽く笑った。

「ああ、問題ない。ただ単に宮廷画家の定めが現在ない故に、そうするしかないといっただけだ」

「ですが」

「それにもともと、蜻蛉省には科挙の合否など関係ない」

「どういうことでしょうか？」

「その前に一つ。蜻蛉（かげろう）はいかなる存在か、知っているか？」

「ええ、まぁ、一応おとぎ話程度なら」

この国で蜻蛉といえば、他の昆虫より親しみを持たれている。

その一つが、神話の中で蜻蛉は人の魂を天に届ける役目を担っているとされているからである。

そして、同時に天から天子……つまり皇帝に言葉を伝える使いともされている。

「蜻蛉省は、各々が皇帝の使いとなり利益を届けることを目的としている。つまり陛下のお役に立つか否かが最も重要視される直属部隊……もとい雑用係だ」

「最後、えらくぶん投げましたね」

「堅苦しくしたいわけではないからな。自由に勧誘可能で予算も別枠でやりたい放題と言えば、それも納得してもらえるとは思うが」

「なるほ、ど……？　あまりにも自由度が高いと、他の部署に贔屓だと妬まれそうですね」

しかしこれは実際よりよく言っているのだろうと紹藍は冗談まがいに言ってみると、江遵は笑みを浮かべるものの言葉を発さない。

「え。本当にそうなのですか？」

「まあ、あったりなかったり……というよりは、珍しくはないと言っておこうか」

「えらく不吉なことを言ってくださいますね」

絵を描くという業務のみであれば、他者と共同で仕事をするということはないだろう。だから紹藍に大きな影響があるわけではないとも確かに言える。

（でも官吏自体が珍しいのに、女性官吏なんて今の陛下が皇位を継がれてから始まったことだし……ちょっとしたことでもすぐに浮きそう）

ただでさえ目立つのであれば、下手に目立つことはしないよう平穏に過ごそう。

そして、常識の枠から少し外れているらしい江遵の言葉には裏があるのではないかと常に気を配りながら過ごそう……。

そう紹藍が遠くを見つめながらあらためて考えていると、江遵が思い出したかのように廊下を見た。

「そうだ、まずは仕事道具が必要だろうと思い、いくつか持ってきた」

「え？　もういただけるのですか？」

「ないと仕事ができないだろう」

そう言った江遵は廊下へ向かって「いいぞ」と話しかけた。

どうやら人を待たせていたらしい。

その人物は江遵と違いきっちりと服を着ているのだが、江遵の指揮下にいるのでおそらく部下、つまり紹藍の同僚なのだろうと想像できるが……それ以上、その人物に対し注意を向けることはできなかった。

なぜなら……。

「紙の山ではありませんか!!」

しかも見たことのない上質な紙が山積みされている。

好きに使えるとは聞いていたが、これほどのものが用意されているとまでは想像できていなかった。

「筆も太さが異なるものがこんなにもたくさん……！　触り心地も素晴らしいではありません

か」

「目が輝いているな」

「だって、こんな素敵なものは見たことありませんよ!?」

興奮するなという方が無理な状況に、紹藍は先ほどまで大量に抱えていた不満を一時的とはいえ忘れていた。

「ならば、よかった。しかし慣れぬ道具であることには違いない。まずは使い心地を確認するうえで、いくらか描いてきてはどうか」

「よろしいのですか!?」

「ああ。ついでに後宮で景色を描くのであれば、雰囲気も掴めばいいだろう」

その言葉に紹藍は少し現実に戻された気もしたが、仕事だとしてもこれらのものが使えるならばすぐにでも試してみたいところでもある。

しかも後宮で描くのであれば、絵になる、見応えのある建物も少なくはないだろう。

「ああ、あと墨はここにあるんだが」

「分かりました、すぐに支度をして行って参ります」

いずれにしてもやらねばならぬことであるなら、やる気が高まっている時の方が断然よい。

そう思いながら、紹藍は早速持ち出す筆などを厳選し始めた。

「やる気が溢れているのはいいことだ。後宮内の略図を渡しておこう。ただし皇太后の住まいである幻冬宮には近づかないように。警護が配置されているから間違って踏み入ることはないと思うが」

「ありがとうございます」

「あと、描いてもらう予定の妃はひとまず四色夫人をお願いしたい。現在皇后は空位故に、事実上最上位である四名だ」

「……ええ、そうなるだろうなと覚悟はしてますよ。全員いきなり描くことにならなかったことは感謝します」

　少し気持ちに水を差されたような気分にもなったが、仕事は仕事だ。

　そして仕事をきっちりと仕上げるためにも、まずは下見がてらの写生を行うことが必要なのだ。

第二章　妃たちの矜持

後宮の門番に身分証を提示すると、紹藍は実に不可解だと言わんばかりの表情を向けられた。

偽造だとは一寸たりとも疑われていない様子だが、官吏には見えないと言いたげだった。

もっともそれは当然のことだと紹藍も認識しているので、今更気にすることなどない。

門を通り抜けられるなら問題はなく、絵を描くことにも支障はない。

門番に普通の声ならば届かないところまで歩いた紹藍は、小さく呟く。

「ここが後宮。私の職場」

そう呟きながら周囲を見回し、想像より落ち着いた場所だと紹藍は思った。

明確な予想図があったわけではないが、妃たちが住まう場所となれば煌びやかな印象を抱いていた。

しかし建物自体は皇城の一部であるため、厳かな雰囲気に統一されている。

とはいえ、受ける印象まで全く同じだというわけではない。響く声は他所より高く、庭木も花がついているものが多く見られるし、地植えの花も少なくはない。

「でも、なんだか見せるために用意された風景っていう感じがしてあんまり描く気がしないわ。

それに、ここで描いていたら悪目立ちしすぎるし」

人が通る場所だから特に綺麗に整えられているのだろうが、作り物らしすぎる風景は紹藍の好みではない。

(江遵様のご依頼をこなすのであれば、陛下に見ていただく絵には妃たちの人となりを描くことが必要よね。そのためには上辺(うわべ)ではない後宮の雰囲気を知る必要もあるはず)

どういう人たちがどのように働き、どのように話をしているのか。どのような環境で妃たちは暮らしているのか。

それを知ろうとするのであれば、やはりあえて見栄えよくした場所など意味がない。

そう考えた紹藍は、ゆっくり散歩を始めた。

(できれば周囲の邪魔にならず、私も集中できる場所がいい。なおかつ、人の雰囲気も見られる場所がいいわよね)

となれば、割と隅の方が適当だろう。そう考えながら、紹藍は都合のよい場所を探した。

すると、やがて好みの場所が姿を現した。

「水榭だわ。柳もあって素敵な場所ね」

普段妃たちが使うかどうかは分からないが、池の中央付近の岩では亀が日光浴をしており、雀(すずめ)の鳴き声が聞こえることも相まって平和そのものだ。

水樹自体は人工物といえども、煌びやかすぎず風景に溶け込み、少なくとも水樹や池の手前の方には藻が多くあることで飾り気のない状態も個人的には好みであった。

「でも……この場所じゃ、あまり人の様子は見られなさそうね」

描くことで注目を浴びるのもいかがなものかと思うし、かといって人の様子が窺えないのも物足りない。

そんな我儘な希望を叶えてくれる、かつ、描きたいと思わせられる場所はないものかと紹藍が思っていると、ちょうど池の側を可愛らしい少女が通った。

服装から察するに侍女だと思われる少女は、多くの荷を抱えながらも楽しそうに歩いている。

紹藍は思わずその顔をじっと見てしまった。

(あの子の主人は、きっとよい人なのね)

そのことがすぐに察せられるほどの少女の姿に、紹藍は少し緊張がほぐれた気持ちになった。

そしてどうせ初めてこの場で描くなら、楽しげな少女を描くことで景気付けにもなるのではないかと思った。

そして、そのあと描いた水樹の絵に少女の姿を添えた。

少女のように皆が楽しそうに働けるような場所であれば、妃の絵を描く困難も減る……そんな楽観的な希望をほんの少しだけ抱きたくなった紹藍だが、すぐにその希望は打ち砕かれた。

それは絵を描き終え、蜻蛉省に戻ろうとした時のことだった。

女性が集団となり、怒鳴(どな)り声のような、金切り声のような、そんな声を上げている場面を目撃した。

正確には一対二と、その他野次馬といったところだろうか。

（典型的な揉めごとだわ）

ありのままの後宮を知りたいので、これはいい場面に遭遇したと言えるのかもしれないが、できれば存在しなければいいのにと思ってしまう事柄もある。

ただ、女性同士の揉めごとなど後宮の外でもよくあることなので、後宮では存在していないなどと最初から思ってはいないのだが……。

（って、あのお一人様の方はさっきの侍女っぽい子じゃない）

さらに驚くべきは、二人組の方の女性の一人は緑の……おそらく翡翠(ひすい)があしらわれた簪(かんざし)を挿していた。

（ということは、あの人は四色夫人の一人の緑妃……たしか、清梅花(セイメイファ)様ね）

赤、白、緑、黒と四人の上級妃がいることは、市井でもそれなりに知られていることである。

普段着の色であれば他の妃も着用することはあるだろうが、装飾品に関してはそれぞれの妃の色とあえて被(かぶ)せることはないだろう。

ただし緑妃は、どこか一歩引いたところで状況を眺めているように見えた。

実際に叫んでいるのは、彼女の前に立つ緑妃の侍女らしき女性だ。

彼女はずぶ濡れの状態だった。

「あなた以外に誰が犯人だというのよ！」

「存じ上げません！」

「とぼけないで！　縁起が悪いからと皆が避け、あなたくらいしか通らない池の中から緑妃様の簪が見つかったのよ。それでもシラを切る気かしら⁉」

そう言いながら緑妃の侍女が前に突き出したのは、今実際に緑妃が身につけているものより多く石をあしらったものだった。

そんな光景を見ながら、紹藍は首を傾げた。

（え？　縁起が悪いの？）

帰りに他もぐるっと回ったが、人が通らなさそうな場所にある池は自分が描いたところだけだった。だから自分がいた場所で間違いないだろう。

縁起のよい亀もいる場所の何が縁起が悪いのかと不思議に思いながらも、場所が間違っていないのであれば緑妃の侍女の主張は妙だと思った。

しかし紹藍の気持ちとは裏腹に、周囲もその主張に同意する空気が漂っていた。

「確かに、明明（メイメイ）は緑苑宮の側を歩いていていることも多いと聞いたことがあるわ」

「それに、明明は黒妃様の侍女だもの。緑妃様の邪魔をしたって不思議ではないわ」

少女改め明明に持論を主張する侍女の姿が濡れ鼠（ねずみ）のようであることも相まって、雰囲気で形勢が決まりつつある。

しかし内容は伝聞や想像で、本人を見たようなものでもない。

「黒妃様を悪く仰らないでくださいませ！　嫌がらせをするようなお方ではありませんし、私も無関係でございます！」

「何を……！」

そうして緑妃の侍女が手を振り翳（かざ）した時、紹藍は足を踏み出した。

「お取り込み中申し訳ございませんが、少し落ち着かれてはいかがでしょうか？」

突然割り込んだ人物に、当然周囲の注目は集まってしまう。

あまり好ましい状況ではないと思いつつも、冤罪（えんざい）が生まれる場面を見たくないと思えば、この状況は仕方がないと紹藍は心の中でため息をついた。

「何よ、あなたは……」

「まぁまぁ、焼け石に水かもしれませんが、まずはこちらで髪やお顔を拭（ふ）いてくださいませ」

そうして紹藍は、自室に好きに使っても構わない備品として置かれていた手巾（しゅきん）を侍女に差し出した。

備品という割に高価そうで、手触りもよいと思っていたのだが、侍女も同じように感じたらしい。

「そ、そうね。ありがたく使わせてもらうわ」

「どうぞ」

「見慣れない顔だけれど、あなたもどちらかの侍女かしら？　ならば、その泥棒には気を付けないといけませんよ」

「左様ですか。ところでお聞きしたいのですが、池というのはこの先にある、亀が住み、柳があり、水榭がある場所でしょうか？」

「え、ええ。後宮で唯一菖蒲（しょうぶ）のない池よ」

「でしたら、妙な話ですね。あの池は藻だらけで底が見えないので、簪など池の外からでは見つけられませんよ」

「え？」

「しかも衣服の濡れ方も、まるで井戸の水のように綺麗に濡れていらっしゃいますよね。着替えていらっしゃるならここまで濡れることもありませんでしょうし。けれど藻が見当たらないのはなんとも」

そんな紹藍の指摘に侍女は顔を赤くした。

「何を適当なことを……!!　名と立場を答えなさい！」

先ほどの親身な雰囲気を演出していたのが嘘のように、侍女は叫ぶ。

「蜻蛉省の官吏、鴻紹藍と申します」

名乗らざるを得ない状況なので仕方なく答えると、周囲の空気と侍女の顔色が変わった。

（皇帝直属と江遵様が前に仰っていたことが影響していそうね）

会ったこともない皇帝にこの状況を説明などしようがないのだが、そんなことは分からないのだろう。

「……とにかく、双方の言い分は食い違い、証拠も確たるものがあるわけではない。よって双方の話を然るべき者が聞く必要があるでしょう。緑妃様、いかが思われますか」

「異論はないわ。私も桂樹に状況を説明すると言われましたが、なんの確信も得られない状況だもの」

この場で誰よりも発言力のある緑妃の、躊躇いのない肯定は紹藍には少し意外だった。

（もしかすると、私が割って入ってなくてもいずれ止めてくださるつもりだったのかしら？）

そうであれば一歩引いた様子で見ていたことの辻褄が合う。

ただ、場所が場所だ。

本当に場に合わせた振る舞いが得意で、同罪になることを避けるためなのかもしれない。

ただ、いずれにしても緑妃すら味方にならないこの状況に焦ったのは、桂樹と呼ばれた侍女だった。

「お、お待ちを。そこまで大事にすることは……」

「緑妃様の私物を盗難した者がいるやもしれぬ状況で、そのようなことを仰りますか？」

「確かに大事ですが、私の勘違いという可能性もありますし。どのようなご用件でこちらにいらしているのかは存じ上げませんが、あなた様の仕事ではないでしょうし……。むしろ、今も足止めをしてしまい、お詫び申し上げます」

「謝る相手も、その理由もそうではないと私は思いますけれど」

あくまで自分の嘘を申し出ないつもりらしい桂樹に、紹藍はため息をついた。

「そもそも緑妃様が同意くださっていることです。今後の処分は後宮の基準に則り行われることでしょう。そこに私の関与はございませんので、ご心配なく」

そう言い切った時、桂樹の顔から血の気が引いた。

同時に、緑妃の視線は鋭くなる。

「桂樹。私はこのような騒ぎを起こす輩（やから）を侍女として必要としていないわ。確たる証拠もなく騒ぐ者はこの場で解雇とします」

「そ、そんな」

「庇(かば)ってもらえるなどとは期待しないことです」

そう言うと、緑妃は紹藍に振り返ることなくその場をあとにした。

すると周囲は好き放題にコソコソと話を始めた。

「切り捨てになられたわ」

「あの侍女が緑妃様の装飾品を盗んで騒ぎを起こしたなら当然よ。株を上げたかったのかしら」

「でも、もしかしたら緑妃様も共犯だったのかもしれないわ。ほら、黒妃様の株を下げるために。ただ、あの侍女が失敗したからっていう可能性も……」

確かにそれらは、いずれも可能性はゼロではないことだろうとは紹藍も思う。

(でも、緑妃の目は本気で軽蔑をしていた)

あれが演技であれば大したものだろう。

紹藍は周囲を見回し、適当に目が合った者に誰か取り調べられる者を呼んできてほしいと頼んだ。

自分ではどこにいるか分からないが、桂樹が逃走しないように見張る意味でも離れられない。

(とはいえ、後宮から逃げるなんて不可能なんでしょうけれど)

実際、桂樹は既に気力が失われているようにも見える。

そんな中で紹藍は明明に話しかけた。

「急に割り込んで申し訳ありませんでした。勝手に対応を決めさせていただいておりますが、よろしいですか？」

「は……はい！　いえ、むしろ、本当にありがとうございます‼」

急に目覚めたように驚いた様子の明明に、紹藍もほっと笑った。

一応庇ったつもりではあるが、本人に嫌な思いをさせていたら意味がない。

「黒妃様は本当に素敵な方なんです。絶対に嫌がらせなんてなさらない」

「ええ、そうでしょうね」

「ご存知なのですか？」

「ご本人にお会いしたことはありませんが、池のほとりを歩くあなたが楽しそうでしたので、素敵な方にお仕えされているのだろうと思っていましたから」

そんな紹藍の返答に明明は一度目を見開き、それからにこりと笑い返した。

「黒妃様がお待ちなのでしょう。あとからあなたにも状況を尋ねる訪問があるかもしれませんが、一度お戻りになってはいかがでしょうか」

「そうさせていただきます。ありがとうございます」

そうして紹藍は明明と別れた。

その後はやってきた女官に説明をし、その後呼ばれた宦官に桂樹は連れていかれていた。その時には落ち込むどころか開き直ったように紹藍に対し怒りをあらわにしていたが、紹藍自体はそのような逆恨みなど全く気にならなかった。

（でも、やっぱり後宮には難しい人間関係がありそうね）

そんなことを思いながら戻った紹藍の元に、翌日一通の手紙が届いた。

「お茶会に招待したいって……」

手紙を持ったまま、紹藍は頭を抱えたくなった。

その招待者の名前には黒妃・環玉蘭との署名があった。

（黒妃様に誘われたこと自体は問題ではないけれど……）

明明の様子から、少なくとも悪いことで呼び出される可能性は考えられないからだ。

ただ、人生において茶会など経験がない。

作法が分からないと江遵に泣きついてみたが、江遵も女性同士の、かつ後宮内の茶会のしきたりなど知らないとあっさり言った。

言われてから（それはそうでしょうね）と思ったものの、こんなことになっている原因の江遵に飄々と言われては少々恨み節が出ても仕方がない。

だが断ることもできず、腹を括って紹藍は翌日昼より少し前に、指定された玉蘭のもとを訪ね、理解した。

仮に紹藍が一般的な茶会に関する知識を持っていたとしても玉蘭の茶会には対応できなかっただろう、と。

なぜなら、招待された先には茶ではなく多数の酒が並べられていたのだ。

「よく来てくれたね。固い話をするつもりはなく、礼がしたくてね」

「お礼を仰っていただくようなことは何もしておりませんが、ご招待は嬉しく思います」

そう返答しながらも、玉蘭の大胆さには驚かずにはいられない。

黒妃はその名がよく似合う、癖のない美しい黒髪の持ち主だった。

ただ妃らしくないといえば、その通りでもある。

黒妃は化粧気がまるでない。

ほどよく日に当たっているのだろう肌は健康的だが、白粉や紅など化粧が施されている雰囲気はない。個人的には仲間意識が芽生えそうになるが、上級階級の娘としては異端であるだろうとも思う。

「さて早速だが、あなたは飲める方かな?」

「ほどほどには。けれど勤務中ですので、のちの業務に支障が出ないようにはと考えております」

「ああ、あなたは怠けそうにない雰囲気があるものね。なら、酒はあとで手土産に持って帰ってくれ」

そういう言葉遣いからも、やはり玉蘭は珍しい部類なのだろうと紹藍は思った。

「あなたは、私がここに呼んだのは明明のことが理由だと思っているだろう？」

「はい、そのご縁でかと」

「ならば遠慮せず、茶菓子もつまみも食べてほしい。茶もすぐに手配しよう」

そうして玉蘭はすぐに、少し離れた場所に待機している侍女を呼んだ。

やってきたのは明明で、用事を言いつけられると花が咲いたように喜び走っていく。

「可愛いだろう？」

「はい。黒妃様のことをとても慕ってらっしゃることがすぐに分かります」

「はは、それはありがたい。ところで、少し話は戻るが……今日、あなたを呼んだのは明明の件に対する礼と、同じくらい重要で大切な頼み事があるからなんだ」

頼み事、と言われて紹藍は思わず首を傾げた。

「できることならご協力させていただきますが、私はあまり仕事の権限はございませんのでご期待に添えるとは限らないのですが……」

「なに、難しいことではない。もうじき私を描くことになると思うが、どうか眼前の宮廷画家殿には私を適当に書いてほしい、と願いたいんだ」

「はい……？」

思いがけない依頼に紹藍は首を傾げた。

「適当とは、適切にとの意味で間違いございませんでしょうか？」

「いや、手を抜いてもらいたいという意味だ」

紹藍はますます意味が分からなくなった。

四色夫人ながら皇帝に会う気がないというのだろうか？

(後宮で生きるなら、地位を固めることが必要ではないの？)

あえて皇帝と距離を置きたいと言っている理由を聞いてもよいものかどうかも分からず、紹藍は返答に困った。

すると、玉蘭はなんでもないかのように、そして見透かしたかのように笑った。

「まず一つ、現状でもそこそこな嫌がらせを受けている。陛下とお会いすることになれば、嫌がらせは悪化するだろう。それでは周囲が気の毒だ」

「それは……」

昨日のようなことの話だろう。

少なくとも侍女の桂樹は黒妃を陥れるため、明明に罪を着せようとしていた。

黒妃の口ぶりからは今回が初めてではないようにも思える。

「そして次に、そもそも私は本来後宮入りする予定がなかった」

「そ、そうなのですか？」

「逆にこの性格で、後宮に入れるよう教育されたようには見えないだろう？」

少し冗談めかして言う黒妃に内心同意しつつ、実際には返答に困りながら紹藍は曖昧(あいまい)に笑った。

「本当は姉が後宮入りする予定だったんだが、あまりに自己中心的な性格が矯正不可だったため、急遽(きゅうきょ)代理で来ることになってね」

「それは……」

気の毒です、と言っていいものかどうか、やはり紹藍には分からない。

「まぁ、皇帝の機嫌を損ね一族を滅ぼしては本末転倒だという父の判断だよ。けれど、姉の後宮入りの夢を叶えてやりたかった母から嫌がらせを受け、侍女がほとんどいない状況だ。苦労をかけてる皆に、これ以上の苦労を重ねてかけたくない」

こうして当たり前のように仕える者を思いやれるからこそ、明明のように誠心誠意仕えたいと思う者が出てくるのだろう。

「ああ、でも勘違いはしないでほしい。私自身は皇帝に忠誠を誓い、敬愛の念は抱いているよ。

私はここに来る前は官吏になりたいと考えていた。だから政に興味はあるし、陛下の政策が民を想って行われていることは、よく理解しているつもりだ」

「官吏を……目指されていたのですか?」

「ああ。あいにく、受かる前に後宮に入ってしまったがね」

冗談めかして玉蘭は言っているが、大変な勉強家であることは紹藍にも理解できた。

目指せるだけの能力がなければ、家族も勉学を行うだけの環境を整えることもないだろう。

女性官吏の少なさだけを切り取っても、反対するだけの理由になる。

「だから私は陛下が後宮を訪ねるより優先すべき政務があるとお考えであれば、それを優先してほしいと思う。妃は政務の邪魔をすべきではない。それに、私は皇后に必要な資質を持っていないため、時間の浪費にしかならないだろうしね」

「資質ですか?」

「舞や歌など女性的なものは何一つ基礎もない。後宮を束ねる立場にある者が、それらを修得してないなどあり得ないだろう?」

「……申し訳ございません、お答えいたしかねます」

「まぁ、答えようがない質問だったね。ああ、この話は全て蜻蛉省の上官にしてくれても構わない。あなたは隠し事は苦手そうだから」

そう悪意なく正直に言われ、紹藍は愛想笑いを返した。

玉蘭は悪い人ではないと思う。

だが……。

（これは、厄介なお話だわ）

紹藍はそう思わずにはいられず、振る舞われた菓子の味を楽しむ状況ではいられなかった。

蜻蛉省に戻った紹藍は、まず自分の割り当てられた部屋に向かった。

特殊な部署であることもあってか、蜻蛉省の人間は一人一つの執務室を持っており、大部屋はない。強いて言うのであれば、長官及び副長官が広い部屋を持ち、そこに人が集まることはあるという程度だと江遵からは聞いた。

（さて、どうしたものか）

そう思いながら紹藍は気持ちを落ち着けるためにも墨を磨った。

墨の匂いはいい。

磨った墨は筆で梅皿に移す。

区切られた仕切りごとに濃淡を変え、描く準備は完了だ。

そこまで用意したところで、江遵がやってきた。

「茶会は終わったようだな」

「茶会だったというか違ったというか……まあ、終わりました」

「終わったところで早速仕事か？」

「これは仕事というか……それより江遵様は、黒妃様が陛下にお会いしたいと思われていないのはご存知でしたか？」

回りくどく尋ねても仕方がないと思った紹藍は、直球の質問を投げかけた。

妃たちのためにと依頼してきた江遵が、妃のことを見ていないという可能性はあるのだろうか？　そうであれば、この上官の目は節穴（ふしあな）なのかもしれない。

だが、紹藍の問いかけに江遵は特に驚く様子を見せなかった。

「黒妃様は風変わりな方だからな。かといって、他の四色夫人を描くのに彼女を描かないわけにはいかないだろう」

「黒妃様が特に陛下にお目通りしたいと思ってらっしゃらないことを、ご存知だったのですね」

「先に言っておいても仕方ないだろう。描くことに変わりはないし、そんな願いを聞くか否かは君の匙（さじ）加減一つだろう？」

「そうかもしれませんけど……本質や本心が分からない相手の絵を、私は描けないですよ」

そう言いながら、紹藍は筆を紙に走らせ始めた。

「私が思うに、黒妃様は型破りですが、美しく信念と慈（いつく）しみに溢れる方です」

そう言いながら増える線は紹藍から見た玉蘭を再現したというのに十分で、魅力ある女性に描けているとは思う。

だが……。

「ほら、どこか嘘くさい」

「よく描けていると思うが」

「やっぱり江遵様の目は節穴ですか。お世辞は今必要なものではないですよ」

そう言いながら、紹藍は絵の上に大きくバツを描いた。

江遵の目が見開かれた。

「もったいないだろう」

「確かに紙はもったいないですが、誤って提出しては大変です。ですが余白の部分は筆の練習で使用いたしますので無駄にはいたしません」

それに、紙が今まで使っていたものより上等すぎて滲みや滑りといった具合がまだ把握しきれていない。練習を重ねずして提出できるものが描けるとも思わない。

「あなたは黒妃の言葉は建前だと言うんだな？」

「建前というか、嘘ではないでしょうけど、当たり障りのないことだけ仰っているのではと」

なにせ、辻褄が合わない気がするのだ。

官吏を目指せるほど優秀な女性が身代わりで後宮入りし、皇帝陛下の治世を素晴らしいと思いながら自身は身の回りの世話をする者たちの安全のみに気を配ろうとする。

「黒妃様は官吏になりたいと願ったほどの女性です。この世の中で、その志を抱くほど強い思いを持てる女性がどれほどいますか？」

官吏の女性も超少数はいるとはいえ、普通は男性しかならないといっても過言ではない職業で、女性といえば家を守ることを第一にするよう教えられ、それに必要な教養を受けることになる世界だ。

官吏を諦めざるを得なかったとしても、よい悪いは別にしても四色夫人の立場から政治に関わることはできるだろう。

少なくとも、敬愛するとまで言っていた皇帝を支えることはできる。

しかし、会うつもりはないと黒妃は言うのだ。

「まぁ、たとえ本心だったとしてもご本人に納得していただけなければ提出なんてできませんけどね」

「なぜ納得が必要なんだ？」

「江遵様は仰ったじゃないですか。妃たちの気持ちを届けたいと。妃が届けたくないと思っていたならそれが気持ちですよ」

屁理屈かもしれないが、もやもやとした気持ちがあるうちは紹藍だって提出したくはない。

「……仕方ない。ならば、先に緑妃のお姿を描いてもらおうか」

「よりによって、緑妃様ですか」

先の簪の件で桂樹が捕えられるきっかけを作った紹藍が、緑妃の他の侍女からあまりよい気持ちで見られないだろうことは予想できる。

緑妃自体は感情を表に出さず桂樹を断罪していたが、あの場に緑妃を連れていったのが桂樹だとはいえ、身内の恥を表に出さざるを得なくなったのには紹藍も十分絡んでいる。

「まぁ、いつかは行かざるを得ないでしょうし。了解しました」

少なくとも緑妃に悪い印象を抱いているかではない。

「そうか。では、先に面会の申し入れは済ませているから行ってくれて構わないぞ」

「……って、今からですか!?」

「善は急げというだろう？　追加の紙と筆は持ってきているぞ」

そう言いながら江遵は、自身の後ろに俯きがちに控えていた者からそれらを受け取り、紹藍に渡した。

その者は紹藍が初登城した日、紙などを持ってきてくれた人だった。

（この人も江遵に振り回されてるのかな。そうなら、気の毒だわ）

そんなことを思いながら、紹藍は急ぎ荷物をまとめ、緑妃のもとへ向かうことにした。

紹藍が去ったあと、江遵は控えていた役人姿の者と紹藍の執務室に入った。

勝手に物品を動かすつもりはないが、廊下で立ち話をするのは相手が相手だけに少しまずいと江遵が判断した結果だ。

「……意外な話を聞いたな」

先に声を出したのは、控えていた男だった。

「ですから、黒妃は私たちの母とは異なると申し上げていたのですよ、陛下」

「ここでそれはやめろ」

「では兄上と？」

「その方が他に知られればまずいだろうが、たわけ」

江遵がにこやかに言えば、男は江遵によく似た作りの顔で、あからさまに嫌そうな表情を浮かべた。

しかしそれを見た江遵は、より笑みを深めた。

「母上のように地位にしがみつく者ばかりではないということが、今の話からでもお分かりでしょう。紹藍は嘘がつける性格ではないと思いますよ」

「……なにも、皆が母上と同じだと思っているわけではない。だが醜い争いがあるのも事実。緑妃の侍女がやらかした話は聞いている」

「まぁ……その件に関しては蜻蛉が解決するよう努めますので」

江遵とて争いを全てなくすことは不可能だとは思っている。

権力争いに後宮が絡まないはずもない。

そして、人選自体は比較的均衡がとれているとはいえ、自身が権力を掌握するために皇太后が選んだ妃たちに皇帝が嫌悪感を示すことを江遵も理解している。

なにせ、権力に固執する皇太后が選んだ者たちだ。皇太后の利になる可能性がある限り、近づきたくないという気持ちも分かる。

(けれど、兄上にはこの国の平穏を守るためにも向き合ってもらいますよ)

妃たちのためなんて、とってつけた建前だ。

自分の都合で勝手な願いだと言われても仕方がないことでもあるが、兄は弟がいればよいと考えていても周囲は世継ぎを持たぬ皇帝と軽んじたり、新たに娘を後宮に入れ外戚になることを前のめりに狙う輩が現れる可能性も高い。

兄には申し訳ないと思う面もある。

そもそも本来双子であったのに、それは不吉とされることから江遵は別の妃……皇太后の妹の子として育っている。今まで受けただろう重圧の違いは江遵とて分かっているつもりだ。

それでも、兄には後宮にも味方を持ってほしいと江遵は考えている。

味方になり得る者は必ずいるはずだ。

できる限り、そうなるように自分も手を加えてきたのだから。

（あとは紹藍の働きだが……さて、どうなるか）

思っていた以上に生真面目な娘のことを考えながら、どうかうまくいってほしいと江遵は願わざるを得なかった。

◆◇◆◇◆

緑苑宮を訪ねた紹藍は、大方の予想通り梅花の侍女たちから刺々（とげとげ）しい視線を受けることとなった。

（まぁ、歓迎されないのは予想済みだし、視線だけなら仕事だと割り切れるわ）

噛み付いてこられないのは、そもそも身内に問題児がいなければ梅花が恥をかくことなどなかったと理解しているからだろう。

ただ、もっとやりようがあったのではないかと恨まれているだけのような気もする。

しかし周囲の様子とは裏腹に、梅花の様子はさっぱりしたものだった。

「話は聞いております。皆、邪魔にならぬよう下がりなさい」

「ですが」

「私が客人の対応ができないとは思っていないでしょう？」

主人にこう言われて残れる者はいない。

紹藍としても、ありがたい対応だ。

「どうぞお掛けになってくださいな。まずはお茶でもいかがかしら」

「ありがとうございます。ですが、喉は既に潤っておりますのでお気遣いなく」

「そう。では、単刀直入に聞くわ。いくらご入用かしら？」

「……はい？」

一体なんの数字を尋ねられているのかと、紹藍は硬直した。梅花は当然の質問をしただけの様子で、それが余計に紹藍を混乱させる。

「申し訳ございません、なんのことでございますか……？」

「何をって……賄賂の話でしょう？」

「はぁ、わい……ろ……？」

梅花は当然でしょうと言わんばかりの雰囲気で堂々としているが、紹藍はそれを聞いてもなお意味が分からない。

一体なぜ賄賂が必要なのか。

しかし問いかける前に梅花が口を開いた。

「より美しく描く必要はないわ。ありのままを描いてくれる程度で結構よ」

「はい、それはもちろん……ですが、その、賄賂？　は、不要です。私、お給金をいただいておりますので」

もしかしたら賄賂とは奥ゆかしく言っているだけで駄賃のことを言っているのかもしれないと思った紹藍がそう言うと、梅花は目を瞬かせた。

「あ、の……？」

「驚いたわ。本当に要らないの？」

「え、その、もしかしていただくのが普通なのですか？」

たとえ普通と言われようが忖度（そんたく）をするのは面倒ごとになると理解できるので、受け取れるはずもない。

ただ、純粋に分からなかった。

「気持ちがいいものではないけれど、不利益を被りたくなければ用意するのが普通ね。宦官には小遣い代わりに渡すのが慣例よ」

「宦官も役人でしょうに……というより、そのような者は罷免されないのですか？」

「言いつけたところで、女官長も宦官長も甘い汁を吸っているわけだから、握りつぶされてしまいよ」

「腐ってますね」

呆れて思わずあまり美しくない本音が出たが、梅花はくすくすと笑っていた。

無理に押しつけられるわけではなくてよかったと紹藍は思いながら、同時にこの話が聞けてよかったと心から思った。

（賄賂だったとは思っていなかったけれど……挨拶と称して私にやたら高い菓子だの織物だのを持ってきていた役人がいたのは、そういうことだったのかもしれないわね）

返礼品を用意する金などないからと話も聞かずに断っていたが、もしかしたら四色夫人以外の側室の縁者が来ていたのかもしれない。

（女官長と宦官長の話もしなきゃだし、ついでに私に贈り物を持ってきた人の絵を描いて江遵様に見せてみようかしら）

幸い当時見たままのことであれば、思い出せる。

思わぬ収穫があったと紹藍が思っていると、それまで笑っていた梅花の目が細められた。

「ところで、先日の簪の件をあなたはどう思っているかしら？」

「それは……見たままをご報告させていただきましたし、それ以上のことは私の職分ではないと考えております」

「無難な回答だけれど、私はあなたの私見が聞きたいの」

梅花を見て、探られているわけではないと紹藍は感じた。ただ、どう映ったかということが純粋に知りたいだけだ、と。

「個人的な感想となりますが、一部で噂されている緑妃様の首謀説はまずあり得ないでしょう」

「理由を聞いても？」

「あの侍女に向けられていた感情は嫌悪でした。少なくとも、私にはそう見えました」

もし噂されているように主導しているならば、迂闊な桂樹の言葉に怒りこそすれども、軽蔑した態度は取らないだろう。

「理解してくれて嬉しいわ」

そう口にした梅花が纏う空気は和らいでいた。気にしていないように振る舞っていても、全く気にせずにはいられなかったのだろう。空気が柔らかくなったとはいえ、梅花の表情には憂いも見える。

（今日は緑妃様の本来のお姿も拝見することは叶わなさそう）

ならば仕方がない、と紹藍は梅花に提案をした。

「緑妃様、本日は私の自己紹介をさせてくださいませ。正確には、私の絵のといったものですが」

「絵の自己紹介？」

「はい。私の絵の雰囲気を知っていただき、緑妃様のお姿もどのような雰囲気になるのかを知っていただきたいのです。いかんせん、私の絵は我流が過ぎますので」

そうして説明しながら墨を磨り準備を整え、紹藍は下町の様子、花や風景を描いた。

緑苑宮の人々を描こうとすると向けられた鋭い視線を描くことになってしまうので、人物画も下町の様子を描いてみせた。

意外にも梅花は紹藍が働いていた大衆食堂の様子に興味を示していろいろと質問をし、それで気もまぎれたように見えた。

（でも、これは一時しのぎにしかならないわ）

本当に憂いを取り除くなら、梅花は無実だということを誰もに認めさせる必要がある。

ただしそれには桂樹が全てを正直に話したうえで、客観的に周囲も納得できるような理由がなければいけない。

（なかなか難易度は高そうね）

しかも、それに自分ができることなどない。

なんだか歯がゆいと思いながら、紹藍は蜻蛉省に戻ったあと、悶々としながら自分に賄賂らしきものを持ってきた役人の顔を全て描いた。

（乾いたら江遵様のところへ持っていこう）

そしてだいぶ紙にも慣れたと思っていると、急に執務室の扉が開いた。

驚きながら振り返ろうとした瞬間、そちらからも驚きの声が上がった。

「うわ、なんだこのむさ苦しい絵の数々は！」

「文句を言う前に一言声をかけてから開けてはいかがですか、江遵様！」

もしも今筆を持っていたのなら、確実に墨を飛ばしていただろう。

「あとでお伺いするつもりでしたけど、副長官殿はお暇なんですか」

「むしろ先になぜ来ない？　報告があるだろうに来ないから来てやったんだ」

「それはそれはありがとうございます。でも、こっちだって用意がいるんですよ」

「その用意がこのむさ苦しい絵か？　妃には全く見えないが」

「当たり前です。この人たち、私に賄賂を持ってきた人たちですよ」

そんな紹藍の言葉に江遵の目がぴくりと動く。

「贈収賄文化なんて知らないですし、返礼品が用意できないとお断りしてるので問題ありません」

「文化など」

「少なくとも後宮では、女官長と宦官長がしているそうですよ。緑妃様が仰っていました」

紹藍の言葉に江遵は手で目を覆った。

これはおそらく対処を考えているのだろうと思いながら、紹藍は言葉を続ける。

「この人たち、後宮に娘や親族がいたりしませんか？」

「少し待て。全て見る」

そう言いながら江遵は一枚一枚似顔絵を見ていった。そして、各々に対象者らしきものの名前と妃らしきものの名前を呟いている。

（……って、全員を把握しているの⁉）

もちろんそれが仕事であればそうであろうが、蜻蛉省は後宮の担当ではない。

仮に担当であったとしても、妃の名前だけならともかく、関係する親族とすぐに結び付けられるだろうか？　一人や二人ならまだしも、十は超えている。一人くらい知らない者がいても不思議ではないと思うが、そこでもしかしたら皇帝からの無茶な勅命というものの一つで覚えたのかもしれないと紹藍は思ってしまった。

「……後宮っていろんな意味で面倒ですね」

ただでさえ面倒そうなのに、皇帝からさらに面倒な要求をされることもあるのかと思うと江遵が少しだけ気の毒になった。

そして、自分は画家の扱いでよかったとも思った。少なくとも無茶振りをされることはないだろう。

「……面倒で思い出した。緑妃のところにいた桂樹だが、中年の官吏らしき者から『新たな緑妃が誕生すれば侍女頭になれる』と言われ、今回の騒ぎを実行したらしい。緑妃を騒ぎの中心人物に仕立て上げ、責任を取らせたかったと」

「性悪（しょうわる）ですね」

「ああ。おまけに自己評価が高いらしく、自分が緑妃から正当な評価を受けていないと感じたらしい。加えて黒妃を後宮に相応しくない者だと感じていたので嫌がらせをしたかった、と」

「どれだけ幼稚な理由ですか。そもそも、その話を持ちかけた人、実在するんですか？」

あまりに適当な話すぎて、架空の設定を言っているだけなのかもしれない。

そう呆れながら紹藍が聞くと、江遵は肩をすくめた。

「桂樹が言う名の官吏は存在しない」

「引っかかる言い方ですね」

「偽名を名乗り持ちかけた者がいないとまでは断定できないからな。馬鹿な話だとは思うが、少しでも自分の利となる妃の地位を高めたい者はいるだろう」

そう言われると、紹藍もため息くらいしか返せない。

(実際そんな者がいるとしたら、今の噂の出所として分かりやすいのよね)

桂樹が失敗しても緑妃に汚点を残すことができるなら、口先で唆（そそのか）すこともするかもしれない。

そこまで考え、紹藍はふと江遵が回収した男たちの姿絵をじっと見た。

「江遵様。いるとは限らないんですけど……その中に、偽名を使って桂樹に会いに行った人がいる可能性ってあると思います？」

「……ないとも限らないな」

もともと後宮に出入りしない役人の素性を、後宮の侍女側から調べることは難しいだろう。

一方役人側は、仮に自分の身内の妃が内部にいるのであれば、裏切りそうな侍女を見つけることも、また使いで後宮の外に出る予定を聞きつけ、偶然を装い接触を図る役人に知らせることもできるかもしれない。

(仮定が多すぎるけど……まぁ、やってみましょう)

そうして、紹藍は江遵と共に桂樹が収監されている牢へと赴（おもむ）いた。

桂樹が入れられている牢は、普段は貴人用に使われている場所だった。これは桂樹が貴人として扱われているわけではなく、後宮や妃たちのことを他に収監されている人間にも聞こえるよう、悪く言いふらすことを避けるためだった。

いかんせん、主人への虚言と盗難が理由で桂樹は捕えられている。その辺りの信用は無に等しい。

しかし貴人用とはいえ、牢は牢。快適なはずもなく、対応も犯罪者に向けられるそれを受けるだけである。

「また新しい人？　まだ話をするの？　今日も散々話したと思うけど」

江遵の姿を認めた桂樹が、そう言った。

どうやら蜻蛉省の役人だとは思っていなかったらしいが……江遵の後ろに紹藍がいることに気付くと立ち上がった。

「アンタ……！」

「どうも」

噛みつかんばかりの勢いだが、紹藍にとってはさほど迫力を感じるものではなかった。

いかんせん下町の人間に比べ桂樹の線は細いし、ここでの生活のせいかやつれている。怖いと思う理由がない。

そのうえ、すぐに江遵が制止に入った。

「狼藉は許さんぞ、罪人」

それは普段の様子とは異なり、支配者に近い雰囲気が醸し出されていると紹藍は感じた。なかなかの名演技だと笑うのは、グッと堪えた。

一方、桂樹は身を小さくしていた。

「罪人、お前は自分に指示を出した者がいると言っていたな」

「は、はい」

「その者はこの中にいるか？」

そして紙を投げられた桂樹は、慌ててそれを拾う。そこに男の顔が描かれていることに気付くと、真剣にそれを見る。それは真面目だからということでは決してなく、自分を嵌めたものがいるかもしれないと青筋を立てながら、指先が白くなるまで力を込めて見るといった様子であった。

（こんな女が侍女頭になれると、本気で思っていたのね）

他人を蹴落とす、自身の悪行と向き合わない、それでいて人を束ねる立場になどなれるわけがない。

もっとも、それに気付ける人間であれば、このような状況にもなっていないだろうが。

そんなことを紹藍が考えていると、桂樹が手を止めた。

「……いたわ！　こいつよ」

そうして示された一枚に江遵が目を細めた。

「精査しよう。嘘をついた場合、罪が重くなるぞ」

「分かってるわよ！　軽くするために本当のことを言ってるんでしょうが！」

それは、桂樹の本心だと紹藍にも理解できた。


牢から蜻蛉省に戻り、紹藍は江遵の執務室にそのまま入った。

「この絵の人物は、お前にも近づいたと言っていたが間違いないんだな」

「ええ」

「なら、お前の読みは当たりだ。この者の名は梁淳（リョウジュン）。名門梁家の次期当主だ。そして養女が紹儀（しょうぎ）として後宮入りしている」

「紹儀ですか」

確か四色夫人の次に来る位だったはずと、紹藍は思い浮かべながら頷いた。

「ちなみに持ってこられた賄賂は、絹織物と翡翠の置物だったかと」

「心付けとしては景気がいいことだ」

「本当に。翡翠で置物を作ったって普通は飾るところがないですよ」

紹藍の言葉に江遵が笑った。

「……何かおかしいことを言いましたか？」

「いや、気にしなくていい。それより、疑惑が出たものの面倒ではあるな」

「まあ、今のところ私が賄賂を断った相手ということと、罪人が自分を唆したって言ってるだけですからね」

緑妃がいなくなれば紹儀である娘が昇格できる可能性があるという利点が梁淳にはあるが、紹藍は実際にはもらっていないので『冗談だった』と言われればそれまでであるし、桂樹に至っては苦し紛れに名指ししただけだと言われれば反論できる材料がない。

「失敗しているから次も何か行動を起こすとは思うんですが……後手後手になるのが見えてるのって嫌ですよね。もう私のところには来ませんでしょうし」

「そうだな」

「頑張ってくださいね」

「他人事だな」

「いえ、だって私にできることって……ねえ？」

面倒なことになっているという理解くらいはできるが、同時に相手の顔を見ても誰だか分からなかったほど紹藍には必要な知識が不足している。

「絵を描くことくらいしかできませんよ。ご存じでしょう」

「職歴上、飯も作れそうだが」

「家庭料理なら作れますけど、今回の解決になんの役にも立たないでしょう」

冗談を言うほど余裕があるのであれば、江遵にも何か考えがあるのだろう。

ひとまず手詰まりにならなくてよかったと紹藍が思っていると、入室許可を求める声が響いた。江遵が許可すると、一人の青年が入室した。

「おや、あなたは……確か紹藍殿ですか」

「はい。初めまして」

「私は柳偉（リュウイ）と言います。この度はご愁傷（しゅうしょう）様です」

歓迎の挨拶というには少々変わり種だが、柳偉は嫌味ではなく本心から言っているようである。それだけ彼の仕事は大変なのかもしれないと思いながら、紹藍は柳偉が手にしていたカゴを見た。

「ああ、これは趣味です。私、薬草茶が好きなので御裾分（すそわ）けを持ってきまして。胃痛を和らげるものもありますよ」

「そうなんですね。ありがとうございます」

「騙されるな、紹藍。こいつはお裾分けなんてしない。売りつけに来ただけだ」

「人聞きが悪い。感動をお金に変えてくださいとお願いしているだけではありませんか。どうせ江遵様はお金を溜め込んでるでしょう」

柳偉はさも当然のように言っているが、それはどうなのかと紹藍は少し思った。一応、就業時間中であろう者が当たり前のように私物を売り歩いているというのは、どういうことなのだろうか。

もっとも部署の特性を考えれば就業時間などあってないようなもので、成果主義なのだろうとは想像もできるのだが。

「紹藍殿もお一ついかがですか」

「あいにく、私は金欠でして」

「大丈夫です、後輩にはせびりません。その代わり毒味係……いえ、味見係を今後お願いできたらと」

「遠慮いたします」

「そうはおっしゃらず。お茶がお好きでないなら、揚げ菓子を差し上げますよ」

差し上げるなどと丁寧に言ってはいるが、無理やり押し付けられるに近い形で紹藍は菓子を受け取らざるを得なかった。

もともと変わった部署だから採用されたというのは分かっていたが、柳偉を見ていると江遵以外も皆変わり者なのだろうかと思ってしまう。

「気が変わったらお茶も差し上げますので、仰ってくださいね」

「ええ、そうですね。その時はお願いします」

「ああ、画家先生ということでしたら、西門の付近にある旧果樹園に行ってみるといいですよ」

「果樹園ですか？」

何を突然と紹藍は首を傾げた。

「ええ。もう放置されて久しいので小さな森のようになっていますが、昔宮廷画家がいた頃、その辺りで顔料になる石を集めていたので今も放置されていますよ」

「それは……どうしてご存じなのですか？」

「私も薬草を求めてその辺を出入りし、付近を警護する老兵から話を聞いたのです。残念ながら大した薬草もありませんでしたし、私にはどれが顔料か分かりませんでしたけどね」

つまり、実際に柳偉も見たわけではないらしい。

（それでも気分転換にはちょうどいいし、宮廷画家が集めていた顔料なんてすごくいいものか

もしれないし）

逆にどこにでもあるようなものかもしれないが、それはそれで十分使える。

「でも果樹園の辺りなんて、変わった収集場所ですね」

「そこで絵を描くのが好きだったんじゃないですか。当時はなかなか見事だったそうですよ」

「なるほど……？」

柳偉の適当に口にしてそうな言葉に表面上は納得して礼を述べた紹藍は、翌日その果樹園に向かうことにした。

聞いてすぐに向かいたかったが、もう日が沈みかけている。不慣れな場所に不慣れな時間に行くのはよろしくない。衛兵に不審者だと誤解されるのもごめんだ。

そう思った紹藍は、翌朝日が昇ると同時に自室を抜け、果樹園に向かうことにした。まだやや薄暗い時間ではあるが、周囲を確認するには十分であるし、顔料だって探すこともできるだろう。

不審者と間違われるのもごめんだが、紹藍としてはあまり目立つようなこともしたくないので、人目が少ない時間に向かう方が落ち着くのだ。

途中腹が減った時のために、昨日柳偉に押し付けられた揚げ菓子を持っていくことにした。もらった相手が怪しくとも、もらった以上菓子は無駄にできない。なにせ、菓子は贅沢品なのだから。

（と言っても、廃園になっているのであれば人通りなんてもともとないだろうけれど）

しかしそんな予想とは裏腹に、教えられた場所に行くとカゴを持った一人の少女がその場にいた。

少女は服装から下女だと察せられる。

下女は紹藍が来たことに驚き、小さく悲鳴を上げた。

「だ、大丈夫ですか？」

「も、申し訳ございません。少し、驚きまして」

下女はそう言うと、恭しく礼をとる。

「こちらこそ驚かせて申し訳ありません。どうぞ楽にしてください。私は宮廷作法には疎いので」

むしろ自分も本来の身分なら下女に近いと思いながらも、疑問に思った。

「ここで何をなさっていたのですか？」

「薬草を集めている最中でございます」

「そうなのですね。私も少し探し物で来ましたので、気にせず薬草摘みをしてください」

「ありがとうございます」

そう言ってから、下女は遠慮がちに自分の作業に戻っていった。

その様子を少し見て、紹藍は疑問に思った。

(あの手つき……決して慣れた者ではないわ)

どちらかと言うと、ぎこちない探し方だ。

探しているものは時折見つかるようだが、ずいぶん熱心に観察している割に自信があるようにも見えない。

だいたい、下女がこの時間に廃園で薬草探しをしていることからおかしいとも思う。皇城内には薬草園だってあるはずだ。それなのにわざわざ、薬草好きが面白くない場所と言っていたこの廃園で、不慣れな手つきで何の薬草を探す仕事があるというのか。

「一つ、お尋ねしても構いませんか？　あなたは薬草の採集をお仕事としているのですか？」

「どうしてそのようなことを尋ねるのですか？」

「私は下町育ちであるうえ、あまり宮廷での経験がありませんので。いろいろなお仕事があるのだなと思いまして」

そんな誤魔化すための紹藍の言葉に、下女が少し驚いた様子を見せた。

「ご出身は？」

「都ではありますが、西区域の葉栄という地区です」

「本当ですか⁉　私もそちらです」

「あら。では、同郷のよしみで……こちらはいかがでしょう」

紹藍が揚げ菓子を差し出すと、下女の瞳は輝いた。

「よろしいのですか！」

「ええ」

「で、ですが美味しそうなものを私は何もお返しできないですし……」

「でしたら、その薬草の絵を描かせてくれませんか。私、絵を描くことを生業としておりますので練習の題材にしたいと思います」

「画家なのですか⁉　女性で……すごい方がいらっしゃるのですね」

そう言いながらも下女の視線は菓子に向いたままなので、半分以上はお世辞なのだろう。

ただ、紹藍もその気持ちは分かるので何も言えない。もらった相手がもっと普通で純粋な善意からなら、素直に喜べたことだろう。

ただ、相手の警戒を解けたのは紹藍にとって喜ばしいことだ。

「薬草を見分ける方もすごいではありませんか」

「……実は、個人的にお願いされただけで、私の職務ではないのです。時々お使いの仕事をくださる方がいて」

「お使いですか」

「はい。なにせお給金だけでは家族が食べていく仕送りには到底足りなくて……。うち、借金もありますので」

下女は照れ臭そうにそう言っているので、純粋に運良くいい仕事をもらったとしか思っていないのだろう。

だが、職務外のことを下女に直接駄賃を払ってやらせる必要など本来ないはずだ。

もっと踏み込んで尋ねたいと紹藍は思うが、焦りすぎないようぐっと堪えた。

「あなたにとって、幸運を運んでくださった存在なのですね」

「そうなんです。おかげで私は家族にも見栄(みえ)を張れます」

「……全然違うかもしれませんが、その方はこのようなお顔では？」

そう言いながら紹藍は、さらさらと梁淳の絵を描いた。

すると下女の表情は、ぱぁっと明るくなった。

「あなたも李喜(リキ)様をご存知なのですか！　私たち、そういう縁があったのですね」

「この方で……間違いありませんか？」

「ええ、絶対に！　もしよろしければ、この絵を譲ってもらうことはできませんか？　恩人のお姿となれば、お守りになりそうです」

楽しげな下女の言葉に紹藍は嘘でしょと言いたくなったが、グッと堪えた。

（偽名を使っているようだけれど……また梁淳って!!）

まさかなと思いながら描いただけに、当たっていたことの方が紹藍にとって頭が痛い話である。

（名家のご当主が、下女を使って廃園の薬草を集めるなんて必要、絶対ないでしょう）

本人の調子が悪くなれば医務室があるし、家族のことであっても医師を呼ぶだけの金はあるだろう。そのような中で薬草をあえて集めさせるなど、ろくなことではないと思ってしまう。

（だいたい、これは一体なんの薬草なのよ）

舞い上がる下女は、既に紹藍のことなど不審に思っていない。

紹藍はその状況にやや感謝しつつその薬草の絵を描き、蜻蛉省に出向くことにした。

（薬草のことなら、きっと柳偉様よね）

だが、彼の居所など紹藍は知らない。

そのため、まずは江遵のもとへ向かった。

早すぎる時間かとも思ったが、都合がよいことに江遵は既に執務室にいた。

「おはようございます」

「ああ……ずいぶん早いな」

「柳偉様に用件があり、普段どちらにいらっしゃるのか江遵様にお聞きしたいと思いましたので」

そう紹藍が言うと、江遵は微妙な表情を浮かべた。

「何かあったのか？」

「ええ、まぁ。実は……」

下女が偽名を使う梁淳に依頼され、薬草を集めていた可能性がある。

その経緯をざっくり話すと、江遵は眉を寄せた。

「と、いうわけで薬草を見ていただこうかと」

「薬草か。確かに柳偉が適役だな」

「ですので、場所を教えていただきたく……」

そこまで口にしたところで、せわしない足音が近づいてきた。

そして勢いよく扉が開いた。

「薬草って聞こえたけど、なんの話だい？」

「おはようございます、柳偉様」

嘘だろうと思いながら、紹藍はそちらを見た。思わず江遵の方を見ると首を振っていた。あらかじめ呼んでいたわけではないらしい。

「……え、本当に薬草の単語を聞きつけていらっしゃったのですか？」

そんな紹藍の言葉には、にいっと笑うだけで返事はしない。

どれほど地獄耳なのかと思っていると、柳偉は突然吹き出した。

「まさか！　でもなんだか人の気配がしたから走ってみたら、私の名前が出たからね。君が探すなんていえば薬草のことかなって」

どうやら推察だけで遊びながらの登場をしたらしいが、そのような役人がいると想像していなかった紹藍にしてみれば驚かざるを得ない。

「ところで、詳細を聞いてもいいかい？　なんでまた薬草を？」

「ええ、実は……」

再び紹藍が経緯を伝えると、柳偉はすぐに手を出した。

すかさず紹藍は薬草の絵を渡す。

「見事な絵だね。忠実に描かれてるのがよく分かる。そしてこれ、僕が前に行った時にはなかったな。というか、あれば抜いてるね」

「そうなのですか？」

「毒草だからね」

「へえ、毒……え!?」

そんな危険なものを彼女は集めていたのかと紹藍は目を見開くも、柳偉の態度は先ほどと変わらない。

「死にはしないよ。嘔吐、下痢、幻覚が一時的に見えるって程度。依存性もほぼない」

「それは、十分危険では……」

「そうだね。少なくとも薬になるようなものじゃない。本来生えるはずない……ていうか、私が見た時は生えてなかったんだけどね。あえて種を蒔いたか植えでもしたのかな？」

そして、柳偉は紹藍に向かって笑みを浮かべる。

「君、ここまでのことで何がおかしいと思う？」

「……そうですね。仮に何かの薬草と間違えていても妙だと思います。梁淳様はご自身の体調が悪ければ医務室を利用できます。裕福でもいらっしゃるのなら、下女にわざわざ頼む必要もないと思います」

「そうだね」

次に柳偉は江遵を見た。

「まぁ、これ以上詳しいことは本人に聞けばいいんじゃないですかね」

「え？　答えてくれますかね。というか、応じてもらえるんですか」

毒草と理解したうえでのことであれば、ろくなことではない。

そうなれば、自分の本心を素直に話すなんてことはないだろう。

思わず紹藍は口を挟んだが、江遵は頭をかいた。

「……まあ、できないことはないな。奉公している下女を私的に雇うことができないことくらい、梁淳なら知っている。だが、まぁ現場で押さえるのが一番早いだろうな」

そう言った江遵は立ち上がった。

「下女のところへ行くぞ。まだ薬草を渡していないことを祈りながらな」

そして紹藍は二人を先導する形で元来た道を戻った。

時間は相変わらず早いので、人と行き違うこともほとんどない。

「……しかし、微妙な効果の毒草を欲しがる人なんですね」

無言でも構わないものの、なんとなく居心地がよくないので紹藍はぽつりと口にした。

すると、江遵はため息をついた。

「例えば断続的に妄言を口走る者は妃には不要だと言えるだろう。あるいは、二重人格として不適格だと言うこともできるだろう」

「結局、駒が失敗したから次の手……って、諦め悪いですね」

「人を害してまで、地位って上げる必要があるものなんですかね」

高い地位を望む人の気持ちが全く理解できないわけではない。紹藍とてもっと裕福であればもっと絵を自由に描けたかもしれないと考えたことがある。

だが、梁淳は既に高い地位にある。

紹藍が想像している裕福さより、もっと裕福である可能性さえ考えられる。

「欲というのは、終わりがない」

「……と、言いますと？」

「一つ叶ったとて次の欲望が生まれ、終わらない。この辺りには、そういう人間が多い」

その言葉を聞くと、紹藍は思わず息をついた。

「欲望、って言葉で収まるなら普通なんでしょうけど……強欲はダメですねぇ」

「…………」

「え、どうかしました？」

軽い返事くらいはもらえるかと思っていたが、紹藍には何も声が返ってこない。

話が完結したというならそれまでなのだが、流れる空気がどこか微妙だ。

「……いや、もっともすぎて反応ができなかった」

「どういうことですか」

「仕方がない、そういうところだというのが認識としてあった」

「麻痺しちゃってるんですね。それだけ相手をしなければいけない状況、同情申し上げます」

紹藍はそう心の底から言うことができた。

裕福であればもう少し希望が叶ったかもしれないが、裕福でありすぎれば、いらぬ苦労も味わったかもしれない。今も苦労がないわけではないが、別の苦労があるのであれば、今のままがいいと紹藍は思った。

なにせ、今の苦労は苦痛というものではないのだから。


そうこうしているうちに、紹藍たちは下女と会った場所まで戻っていた。

下女はまだ薬草を摘んでいた。

「話してきましょうか」

「いや、いい。そろそろ人も動きだす時間だ。会うなら今から行くだろう。あとをつけるぞ」

そう江遵に言われ、紹藍たちは物陰から様子を窺った。

そしてしばらくすると江遵の言った通り、下女は移動を始める。その顔は楽しげで、本当に梁淳の役に立ちたいと思っているのだろうと思った。

すると、柳偉が紹藍に話しかけた。

「下女のことを気の毒だと思っている様子だね」

「そりゃ、思いますよ」

「まあ、分からないでもないけどね。無知って怖いでしょ」

無知という言葉で済ますことが適切かどうかは分からない。

ただ、自分のしていることが人を傷付けるためのものだと知ったら、あの下女はどう思うだろうか。

「行くぞ」

話を打ち切るかのように江遵がそう言った。

やがて下女は、普通は人が通らないような廃屋に近い倉庫付近までやってきた。

その場所には既に梁淳の姿があった。

「……現認できた瞬間だ」

「御意」

そう江遵と柳偉が話した、直後。

満面の笑みの下女と、人のいい笑みで薬草を受け取り金銭が入っているだろう包みを渡す梁淳の前に、二人が飛び出した。

「何をやっているのか、梁淳殿」

その声は少し離れた場所にいる紹藍でも圧を感じるほどのものだった。

しかし紹藍も怯んではいられない。

なにせ、その声で下女がひどく怯えた顔を見せた。

なんとか安心させたいと、紹藍はそっと近づきつつ様子を窺う。

「これは……蜻蛉省のお三方ではありませんか。一体このような場所で何をなさっているのか」

「今はお前が問われている。答えよ」

いつもの様子とは異なる江遵に、梁淳も笑みは崩さない。

「私は下女に頼み事をしていたのですよ。腰痛がひどいため薬草を集めてほしい、と」

「なぜ医者や医務室を使わない」

「それほど大事ではないからです」

「指揮系統にいない下女に命じるほどのことが、大事でもないと？　個人的に報酬を与え下女を使役することが禁じられていることなど、百も承知だと思っているが」

そう江遵が言うと、柳偉が下女から包みを取り上げた。

中には貨幣が入っている。

「あ、あの……」

下女が困惑しつつ声を上げようとするが、同時に梁淳が笑った。

「仕方ありませんね。こんな場面を目撃されるとは思いませんでしたが……仰ることに間違いはありませんので、謝罪はしましょう」

「それで終わると思っていないだろうな」

「小間使いを頼んだということに関する、多少の処分は仕方ありませんね」

けれど、大したことはできないだろうと言いたげな雰囲気だった。

紹藍にはどれほどの処分があるのか分からないが、そう思える確証が梁淳にはあったのだろう。まるで『大したことがないのに粗探しとは大変ですね』と言わんばかりの雰囲気だ。

だが、江遵は態度を崩さない。

「それだけではない。この薬草ではお前が言っていた目的は達成できないと、知っているだろう」

「……はて、なんのことやら。下女が間違えたのですかね？」

鋭い声の江遵に対し、梁淳は飄々と答えた。

だが、ほんの僅かの溜めがあった。

今度は柳偉がため息をついた。

「そもそも本当に目的通りの薬草であれば、城内のものを勝手に使用するのは窃盗にあたりますよ。梁淳殿はご理解されていませんか？」

「……深く考えていませんでしたが、弁償はいたしましょう」

「それで済むわけがないでしょう。皇城内で罪を犯すなど認められない。まぁ、仮にそのような話で済んだとしても、ケチ臭い節約を行おうとしたことが表沙汰になれば周囲から冷めた視線を受けることになりますでしょうね」

「くだらない結末だが、失脚は自業自得だ」

柳偉の言葉に続き江遵がそう言い切ったところで、梁淳の表情に少し焦りが生まれた。

「そんな大袈裟な。私の功績に比べれば、こんなもの大したことではないでしょう。そもそも、私が本当にこれを採ってこいと言ったとは限らない。この下女が売りつけにきただけだと考えられもするでしょう？」

我が身可愛さだろう。

無茶苦茶な主張を紹藍たち三人は白々しいと思うが、下女は目を見開いた。

(信じていた者に簡単に売られるなんて、想像していなかったでしょうね)

だが、それでいいとも紹藍は思った。

下女は知らなかっただろうが、金銭を受け取り便宜を図るようなことをしてはいけないのであれば、下女にもなんらかの形で処分は行われるかもしれない。そこで梁淳を庇うことで処分が重くなるよりも、ただただ使われただけだとする方が不利益は少ないはずだと紹藍は思う。

ただ、心の傷を負うのは気の毒だとは思う。

「ここで話していても埒（らち）があかない。だいたい、私たちは既に言っただろう。お前の目的は腰痛の薬草などではない。桂樹の名を聞けば察せられるか？」

その言葉で梁淳は目を見開いた。

そして、今までの余裕を持った様子から一転、顔を真っ赤にさせていた。

「……その者は知りませんが、面白くありませんね。全ては、この女が私に蛸蛉という厄災を
連れてきたが故にこんなことに!!」

そして、次の瞬間。

梁淳は隠し持っていた短刀を抜き、下女に斬りかかろうとした。

紹藍は銀の光が見えた瞬間に下女を押し、そして代わりにその場に入った自分を庇うために
両腕を交差させる。左腕なら絵にも影響はないが痛いかもしれない……そんなことを思ってい
たのも束の間のことで、さらにその前に背中が割って入った。

それは江遵だった。

「刃物沙汰でうやむやにしたかったのか？」

江遵は梁淳を難なく制圧していた。

それは、紹藍が初めて食堂で会った時と同じ様子だった。

（……本当に、見かけによらない武闘派だわ）

そして痛い思いをせずに済んでよかったとホッとした。

気を失っている梁淳には江遵の声は届いていなさそうであった。

その後、紹藍は特別休暇を言い渡されて、ひとまず三日間の待機が命じられた。

(表向きは休暇だけど、実際は梁淳の関係でゴタゴタしてるからよね)

なんとなく絵を描く気持ちではなかったのでもらった用具の整理を行い、必要な柵を作るなど作業をしていた紹藍は窓の外を見ながらため息をついた。

梁淳の件は、あのあと刑部に引き継がれたようだが、後宮も絡んでいるとの理由で皇帝から蜻蛉省も調査に加わるよう指示があったとは聞いている。

下女の目撃者として関係者となった紹藍にも事実確認が行われたが、その関係で休暇を与えられたというよりは、単に慌ただしくなっている後宮に絵を描きに行くのは待ってくれという意味合いが大きかった。

このままもうしばらくこんな感じだろうかと紹藍は思っていたが、四日目には江遵から呼び出しを受けたので、思ったよりもことの進みが早いなと思ってしまった。

「梁淳が目的を吐いた。やはり自分の養女を四色夫人の位に就け、国母にしたいと思っていたようだ」

「あの草を使おうとした理由はなんだったんですか?」

「昼から酒を食らう黒妃が自身の地位に執着していないようだと判断し、問題を起こしたり恥をかかせたりすれば後宮を去らざるを得ないだろうと思ったらしい。ついでに、実家の力も削ぎ落としたかったらしいな」

「あらまぁ……。でも、よく言いましたね」

少なくとも罪を認めることはないだろうと紹藍は思っていた。

とはいえ何かをしようとしていたのは明白なので、周囲からなんらかの証拠を固めていくのかと思っていた。

「同感だ。だが、自分を慕う養女を罪人にしたくないという意識があったらしいな。彼女は知らないはずだと言っていた。とはいえ事件を起こした場所が城内だ。養女が後宮から追放されるのはもちろん、一族の財産もほぼ没収という形にはなりそうだが」

「……人を想う気持ちもあったのですね」

下女をすぐに見放したあたり、人の心はないのだと思っていた。

だがもしその心が残っていたのなら、どうして悪事に手を染める前に立ち止まれなかったのかと紹藍は思う。元は、ただの善良な養父だったかもしれないというのに。

(前は強欲なんて簡単に言ったけど)

この場に巣食う欲というのは、そういう言葉では言い表せないようなものなのかもしれない。

人間は自分だけではないということを理解していれば防げるだろうことがなぜできなくなるのか、紹藍には当面理解できそうにはないと思ってしまった。

さらに後日、下女の処分についても耳にした。

下女は当日渡された金銭の没収のみという非常に軽い処分で済んだとのことで、紹藍は胸を撫で下ろした。

(知識がないことは問題であるが、そもそも教育の場がなかったということで話をまとめた……って、考えうる中で一番彼女にとっていい落とし所だわ)

それでも彼女に負の感情は残っているだろうが、これから上向いていけばいいと紹藍は願った。

そして、あらためて後宮へ姿絵を描きに行くための準備をしていた時、梅花から茶会への誘いが紹藍の元に届いた。

「あら……?　これは、行かせていただくとお伝えした日なのだけれど……」

紹藍は不思議に思いながらも、もしかしたら休憩がてらにお茶をどうぞという形をとってもらえるのかもしれないと思いながらも、念のために予定の確認を行った。

やはり使いも指定されている期日を梅花に伝えたという。

(……やっぱり、お茶を用意しているという意味でいいのかしら?)

そう考えたが、当日。

紹藍は梅花が本当に茶会を開いていたことに驚いた。

なにせ、その場に玉蘭がいた。

(絵は延期とは聞いてなかったんですが……！)

もっとも、きっちりとした仕事着での訪問は失礼な格好ではないはずだ。

紹藍は何事もないかのように案内された席につき、荷物を足元に置いた。

そして玉蘭を見ると、彼女も紹藍が来るのは知らなかったらしく、驚いた様子を見せていた。

「……本日はお越しいただきありがとうございます。まず、お茶の前に謝罪をさせていただきたいと思っております」

席から立った梅花はそう言い、真っ直ぐ紹藍と玉蘭を見た。

「先日の件、私が侍女の振る舞いにもっと気を配っていれば騒ぎにもならなかったでしょう。私の失態が原因です」

そうして梅花は頭を下げた。

もし今、紹藍が一人であれば止めただろう。

だが、玉蘭への謝罪でもあるので勝手に止めるわけにはいかない。

むしろある意味、役人としての仕事でもある紹藍よりも、言いがかりをつけられた立場の玉蘭の方が謝罪を受ける権利があるはずだ。

「……気を配っていただいた、という旨は私の侍女には伝えておきます。それで問題は解決といたしましょう。ですので頭を上げてください」

「お心遣い感謝いたします」

玉蘭の言葉に梅花はそう言って姿勢を正し、今度は紹藍を見た。

「解決に導いていただき、ありがとうございます。これで第二の桂樹が生まれることもないでしょう」

「そうだとよいのですが」

梁淳のような者がいれば、今後も再び似たようなことは画策されるかもしれない。だから紹藍もはっきりとした返答はできない。

(でも、これは緑妃様も知っていらっしゃるわね。もっと目を光らすという意味であれば、安心だわ)

しかし梅花と玉蘭が和解したのであれば、いよいよ自分はこの場にいてもよいのか疑問にも思う。妃同士のお茶会を続行するのであれば邪魔であるのは確実だ。話が全く合う気がしない。

それでも退出できるような空気ではないし、今しがた梅花の合図で目の前に出された饅頭を食べないまま帰るのもなかなか難しい。

（うん、これも妃の素を知るための機会だと思えば、残らないとね）

紹藍はそう自分に言い聞かせ、梅花が茶を口にしてから菓子に手を伸ばした。

同時に玉蘭も茶を口に含んだ。

「美味しいお茶ですね。普段は飲まないけれど、上等なものだということはよく分かります」

「あら、あまりお好きではないのですか？」

「どちらかと言うと、酒か果実水をよく飲むのでね」

実態を隠そうともしない玉蘭は堂々とそう言い、一気にお茶を飲んでから梅花に告げた。

「よい機会なのでお伝えしておきたいのですが、私には皇后など務まらないことは、私が一番知っております。今後も静かに暮らす予定ですから、今回の件に関し騒ぎ立て、火に油を注ぐようなことはしないので安心してくださいませ」

「皇后の適性がないとおっしゃるのですね」

「ええ。ですので敵にはなり得ないため無視していただいて大丈夫ですよ」

玉蘭は相手の気が抜けてもおかしくないほど、ゆったりした表情でそう言った。実際、彼女は心からそう思っているのだろう。

だが、そんな玉蘭に対し梅花はきっと目を釣り上げた。

「そのお言葉、すぐに訂正し、謝罪してくださいませ」

それは凛(りん)とした声であった。

「無視など、できるわけないでしょう。仮に興味がないと仰るのであれば知ったことではありませんが、適性と仰るのであればただの嫌味にしか聞こえませんわ」

「……それは私が皇后に向いていると？」

「当たり前ではありませんか。むしろ、四色夫人の中で誰よりも適性があると私は思っております」

堂々と言う梅花に、玉蘭は目を丸くしていた。

本当に可能性すら感じていなかったとでも言いたげだが、逆に梅花は踏ん反り返らんばかりの勢いで声を荒くする。

「落ち着いてくださいさい、梅花殿。私に女性らしい舞や優雅な詩歌ができるとでも？」

「それは無理でございましょう。私に利がありすぎます。ですが、力強い歌や政治の話であれば悔しいことに私は手も足も出ないでしょう。あなたがいくらでも知識を持っていることは、私も存じております」

どこか悔しそうな雰囲気も滲ませて言った。

「皇后の資質というものがあるとすれば、両方とも確かに必要でしょう。私があなたより優っている部分もあるでしょう。ですが、負けている部分を差し引けば、あなたより資質で劣ります。それでも私は皇后となり陛下をお支えしたいと思いますが、私が皇后に相応しくないとあなたは仰いますか？」

「待ってください、そのようなことを申しているわけではありません」

「ならば訂正を。あなたは私が無視できる存在ではなく、私と競う相手であると」

まるで説教でもしているかのような勢いであるが、紹藍は不思議にも思う。

同時に、玉蘭が噴き出した。

「私をずいぶん買っていただいているようですが、よろしいのですか？　発破をかけては、あなたの不利益につながる可能性だってあるでしょう」

「ご安心ください。私はあなたを超えて皇后になり、あなたが私を支える……そんな構図が未来にはありますから。今隠居されてはこの未来図も泡と消えます」

「それはとても頼もしい。だが、私が皇后になりあなたが苦労する未来もあるというわけか」

「いいえ、私が陛下をお支えいたします」

「ははっ」

そう、玉蘭は心底楽しそうに笑っていた。

梅花は何がおかしいのかと言いたげであったが、やがて肩の力を抜いていた。

（……わざわざ自分から強敵と認識している相手をやる気にさせるなんて、と言ったら自分の

ためと仰るだろうけど）

けれど、それが自分のためだけで終わる話ではないことを、きっと梅花自身も気付いているだろうし、本気で絶対に自分が勝つはずだと思ってはいないだろう。仮に思っているのであれば、玉蘭をここまで持ち上げない。

それを理解してでも真っ直ぐに生きようとする人がいることに、紹藍は少し安心した。梁淳のような者が多いのかどうかは分からない。ただ対照的な人々もいるのであれば、きっと庶民の生活が疲弊（ひへい）するほどひどいことは起きにくいはずだ。そう楽観的に考えられる状況がありがたい。

「……ところで、一つ私から紹藍にも提案がございます」

「私に、でございますか？」

梅花が急に改まったので、紹藍は首を傾げた。

「あなた、後宮においでなさいな。紹儀の位が空いたのであれば、ねじ込めるでしょう」

「は……？」

妃相手に失礼な言葉遣いだとは理解しているが、紹藍は空気が抜けるような音以外出さなかった。

言われている意味が分からない。

だが、玉蘭も頷いた。

「確かにそうなれば我々にはありがたいな。家格の問題であれば、中立の家の養女として入ればば問題も解消されよう」

「ああ、いえいえ、問題だらけですよ」

皇后を目指さない前提だとしても、皇帝の妃には違いがない。そんな立場など恐れ多いと言うよりも、ただただ面倒だ。

ただ、本音と建前は別にせねば説得ができないことも知っている。

「私は早くに父を亡くしまして、母が女手一つで育ててくれました。ですが、今は病で療養しており……。何かがあった時には駆けつけたいと思っておりますので、後宮はちょっと」

それ以前にいろいろあるが、一番説得力がある理由を言うと、二人の表情は同情的なものになった。

「まぁ……。そうなのね」

「ならば、母君に見舞いの品を贈らせてほしい。母君がいらっしゃったからこそ、ここに紹藍が来てくれたのだから」

「ありがとうございます」

あっさりと諦めてもらうことに成功した紹藍は胸を撫で下ろした。

しかし納得の様子を見せた玉蘭が、しばらくしてから考え込むような仕草を見せた。

「いかがなさいましたか」

「いや……。もしやと思ったのだが、あなたの父君は玲藍殿ではないだろうか？」

「父をご存知なのですか？」

まさか父親の名前が出てくるとは思っていなかった紹藍は驚いた。

だが、推察を当てたはずの玉蘭もひどく驚いている。

「先ほどの表情が僅かに似ていると思ったが……。娘が生まれ、紹藍と名付けたと仰っていたことがあっただけだったので確証はなくてね」

「玉蘭様は、どのようなお関係で……？」

「父の仕事の関係で何度かお会いしたことがあったんだ。四つだった私が将来官吏になってみたいと口走った時、玲藍殿が使っておられたものを全て内緒でくださった」

父親の話も衝撃的ではあるが、玉蘭が四歳で将来のことを考えていたことに紹藍は衝撃を受けた。当時であればまだ女性官吏もいなかったはずなのに、と。

「結局父とは最後仲違いがあったようだが、申し訳ないことに詳しくは分からない。だが、私にとって初めての師はとても素晴らしい人だった」

「……そう言っていただけて父も喜んでいると思います」

父親の記憶がない紹藍には実感が湧かないが、身内が褒められることに対して悪い気はしない。

「官吏になったなら、叔父上にもお会いになったのか？」

「え……？　叔父、ですか？」

「……すまない、もしかして交流はなかったか？」

紹藍は叔父がいるなど聞いたことがない。

「初めてお聞きしました」

「そうか。確か養子に出られているから交流がなくても不思議ではないが……名は伝えた方がよいか？」

「いえ、結構です。お気遣いありがとうございます」

もし本当にその人が叔父であったとしても、おそらく紹藍たちと関わるつもりはないだろう。その気があれば、疫病のあとに声がかかった可能性はある。

だが、助けてほしかったとも思っていない。

母も同じような思いがあったからこそ、今までその存在を明かしていなかったのだろう。

（むしろ生家を失わせてしまっても文句一つ言わずにいてくださってるのだから、感謝だわ）

互いが接点なく過ごせているなら、それはそれでよいことかもしれない。少なくとも紹藍はそう感じる。

「玉蘭様は紹藍の父君をご存知……。ずるいですわね」

「これぱかりは巡り合わせだからな」

「でも、紹藍ももとは玉蘭様とお会いできるお家の生まれだったとなれば……やはり後宮にいらっしゃいな」

「いえ、そこは繋がらないかと」

気に入ってもらえたのはいいことだと思うが、勧誘はまだまだ続きそうだなと紹藍は苦笑した。

「妃で、というのが嫌であれば私の侍女の席もある。検討してくれ」

「まぁ。それは抜け駆けですわよ、玉蘭様」

玉蘭は冗談っぽく言っているが、頼めば本当に侍女にしてくれそうな雰囲気だった。あいにく今は願い出るつもりはないが、梅花は本気のようだった。

(……でも、お二人とも肩の力が抜けたようだわ)

これでやっと依頼の絵に取りかかれる。

そう感じた紹藍は楽しそうな二人の様子をしっかりと目に焼き付けた。

そして茶会を終えたあと、早速その光景を紙の上に描き留めた。

描いたのは合計四枚。

うち二枚は二人が楽しそうにしている姿を描いたもので、これは玉蘭と梅花にそれぞれ贈った。

そして各々を一人ずつ描いたものは、描き上がり、乾かし終えたあとに江遵に渡した。

「ずいぶん、生き生きとしたお姿だな」

「ええ。お二人とも、とても魅力的な方ですよ」

これが本当に皇帝の気を引くことになるのかは分からない。

だが、紹藍は少しでも二人の魅力が伝わればと思わずにはいられなかった。なにせ、会いさえすれば、その人柄は伝わるはずなのだから。

第三章　画家の休日

玉蘭と梅花の絵は描き終えたので、紹藍が仕事として二人のもとを訪ねることはなくなった。

だが、個人として茶会に呼ばれることは度々ある。この間は玉蘭主催の茶会で、以前と変わらず酒も用意されていたことに梅花が目眩を起こしそうになっていた。

そしていくら認めた相手とはいえ限度があると説教をしていたが、最終的には「仲良くなりたい相手に隠しごとをしても仕方ないだろう」と言った玉蘭が梅花を照れさせていた。

（まぁ、私はお菓子とお茶で美味しい思いをしているからいいのだけれど……）

建前上は四色夫人の一角を担う妃からの用命なので仕事となり、怠けているわけではない。

しかしそれでも、多少給料泥棒になっているような気分にならないわけでもない。

（勤勉な性格だという自覚はないけれど……）

やはり仕事中の休憩というには少し長い時間の実質的な休息時間は、落ち着かないものだと思ってしまった。

もっとも、次の仕事の相手である妃との調整がまだ終わっていないそうなので、紹藍が戻ったところで仕事があるわけでもないのだが。

今していることといえば、絵の練習だけだ。

これも趣味と言われれば否定しようがないが、こちらは実際に仕事の完成度の高さに直結するし、何より多少何を言われても気にしないだけの情熱がある。

（お茶会もお休みの日になら、気にせずに楽しめるんだけれど……）

しかし紹藍の日程を妃に融通してもらうわけにもいかない。これればかりは仕方がないかと思いながら次の仕事に向け過ごしていると、翌日江遵から呼び出しがかかった。

いよいよ次の絵の話かと思ったのだが……。

「明日、褒美の休暇を与える」

「気合を入れて来たのに、そんなこと言われるとは思いませんでした」

休みを与えられるのは、もちろん悪いことではない。

ただ……。

「休みをいただいてもすることは同じ……でもないか」

絵を描くということには変わりはない。

ただ、休みならば私的な販売用の絵も描けるだろう。そう思うと悪くもないような気はしたが、江遵は首を振った。

「違う。少し手を休めた方がいいのではと言ってるんだ」

「なぜです？」

「お前、ここに来るまでの間に一日中絵を描いていたことなど、ほとんどないだろう」

「まぁ、働いてましたからね」

「酷使で手首を痛めるぞ」

思いつかなかった言葉に紹藍は目を丸くした。確かにそうなってもおかしくはない。

「盲点でした」

「だろうな」

「でも、そうだと私はどうやって休みを過ごせばいいのか……難しいですね」

「……は？」

「母には療養所は申し分ないので仕事に集中しなさい、失敗するわよと何回も念押しされ、会いに行く頻度は制限されました。そんな中、下手に会いに行けば何かやらかしたのかと心配かけかねませんし……。かといって、街に行けばお金を使いそうですし」

「行けばいいじゃないか。給金はそれなりにあるはずだろう？　その方が気分転換にもなるだろう」

「前借り分で療養所の入所資金にしましたので、手持ちはあまり。次のお給金をいただく日になれば、少しは余裕もできるのですが」

紹藍の指摘に江遵が頭をかいた。

どうやら、失念していたらしい。

「まぁ、さすがに休みを理由に支給日を繰り上げていただきたいとは言えませんし、なんとなく過ごします」

「いや、なんとなくじゃなくてな……。分かった。必要なものがあれば私が支払う。同行しよう」

「なんでそうなるんですか」

まさか自ら財布になりたいという人間がいるとは思わなかったので、紹藍は素早く突っ込んだ。

「なんとなくダラダラ過ごしては、褒美にならんだろう」

「ダラダラできるということは、ある意味すごく贅沢ですが」

「今回のお前の休暇は陛下からの勅諭同然だ。梁淳のこと、また関連の細々した話はお耳に入っている」

「……え、なんだかすごいですね」

まさか自分の話が皇帝の耳に入る日が来るなど、想像したこともなかった。

直属の部署であることや、後宮に出入りし絵を描くことになっているので名前くらいは伝えられる可能性があるかもしれないと思ってはいたが、まさか直接休暇を与えられるほどの話になるとは……と思ったところで、紹藍は一瞬動きを止めた。

「江遵様。それ、本当に休暇ですよね。暇を出すという意味じゃないですよね」

「安心しろ、褒美で暇を与えられる役人などいない」

「ですよね……！　でも、だからといってなんで江遵様が私の財布になるんですか」

「財布になるって……。まぁ、その言い方は置いておくとして、理由など単純だ。上司だからだろう」

「上司って大変なんですね。私、未来永劫部下はいりません」

正直、江遵がなんの仕事をしているのかは分からない。だが、皇帝からの褒美という名目があるにしろ、部下の休暇の面倒まで見なければいけないのかと思うと、絶対に偉い立場にはなりたくないと紹藍は思った。

「まさか憐れまれるとは思わなかった」

「どういう反応を期待したんですか」

「いや、尊敬の眼差しとか、何かないのか？」

「あー……。次の機会があれば、善処します」

とはいえ、仮に次に褒美の休暇があったとしても、その時には給金も出ているはずなので同行してもらう理由はなくなっているだろう。

だから、なかなか機会は巡ってこないだろうなと紹藍は思う。

「ところで、予算はありますか？」

「ないわけではないが、私の給金はお前の倍では収まっていないことは明かしておこう」

「遠慮はするなということですね。かしこまりました」

「そこまでは言ってないからな？」

もちろん紹藍とて江遵を破産させる気はない。江遵が休暇の過ごし方を気にしていたことから、なんらかの形で皇帝に休暇をいかにして過ごしたか伝わる可能性もある。

もっとも、常識的な過ごし方をすれば破産させることはないし、紹藍とて今後自分が過ごしにくくなるようなことはしないつもりだ。余計な恨みは買いたくない。

「では、明日はよろしくお願いしますね。時間は……江遵様はお仕事の一環ですから、執務の開始時間に西門のところでよろしいですか？」

「おい、返事は」

「大丈夫ですよ、たぶん」

絶対は世の中にないので断言しない。

そう思いながら紹藍は部屋を退出した。

しかし江遵が何やら叫んでいるようにも聞こえるので、きっちり説明してもよかったかもしれないと思ったが、あえて戻ることはしなかった。


そして、翌日。

私服の紹藍と仕事着の江遵は集合のあと、下町で橋にもたれかかり、串焼きを食べていた。

「ありがとうございます。お陰で大きい方の串を食べられてます。いつもは小さい方なんですよ」

「ああ」

「塩が効いていていいですよね。この辺りじゃここが一番下処理もうまいんですよ」

「それはいいんだが……いや、いいのか？　これで」

「何がですか」

「いや、お前、結構遠慮なく使う雰囲気だったと思ったんだが」

「遠慮はしていませんよ。ただ、私の大満足するものなら江遵様が破産することはないかもしれませんが」

紹藍の答えに江遵は目を丸くしていた。

「参考までに聞きたいのですが、どのようなものを想像していたんですか」

「まぁ、高級店とまではいかずとも、宝飾店にでも行くかと思っていた。名目は褒美だからな」

「いりませんよ、そんな非実用的なもの。盗難に怯えないといけない挙句、私程度じゃ豪華な簪をつける場面はないじゃないですか」

とはいえ、庶民でも簡素な簪ならばつけていても珍しくはないことも知っている。同じ年頃の女性なら一本くらい持っていても普通だろうとも思うが、そこまで考えても紹藍には必要なものだとは思えなかった。

「まぁ、簪を買うお金があれば筆を買いますね。長さもあるし、いざとなれば簪にもなりますよ」

「……本気でやりそうだが、やるなよ」

「そんな真剣にご忠告いただかなくても」

紹藍はそう言いながら、串に残っていた最後の肉を頬張った。

「江遵様が食べ終わったら、次に行きますよ。ここにはまだ煎餅に饅頭と食べるものはたくさんあります」

「まさか一日中食う気か？」

「まさか。あとはとりあえず筆を扱う店にも行く予定ですよ。お優しい上官様にお金を借りられるなら、少なくとも一本新調したいなと思っていますし」

「筆？　官品があるだろう？」

「ありますけど……あれ、絵を描くのに向いてないんですよ。宮廷画家がいないので不思議ではありませんが」

「待て、妃たちを描いたのは……」

「私の手持ちの筆です。まぁ、慣れない環境ということもありますし、墨も紙も新しいものよりは……と思ったんですが、徐々に傷みますしね」

消耗品はどれだけよいものであっても、すり減っていく。そろそろ一番気に入っている筆の限界が近い。ダメになれば二番手の筆を使用するという手段ももちろんあるが、早めに新しく気に入ったものを見つけて慣れておきたい。

「江遵様が同行してくださるなら経費として申告するのも簡単そうですし、今日行こうかなと」

「私が来なかったらいつ行く気だったんだ」

「もちろん収入をいただいてから行くつもりでしたよ。現地に行かないと分からないですし」

「……不便ないよう便宜は図るから、もう少し申告するように」

「はーい」

その後に行った甘味も立ち食いだったので、人に聞かれては困るような話はなく、水辺を泳ぐ鴨が美味しそうだとか、流れる雲を見て昨日の夕食の卵スープによく似ているとか、そんな雑談ばかりをしていた。もっとも、話していたのは紹藍で江遵は半ば呆れている様子だったのだが。

そんなやりとりを経て、紹藍は甘味を楽しんだのち文具を取り扱う店に行った。

「いらっしゃい。ああ、紹藍か」

「おじさん、久しぶり。気に入りそうな筆、あります？」

「あるよ。紹藍の好みのものなら、そこの黒い箱の中に一本くらいはあるんじゃないか？」

あると言った割に適当な返事をする店主に、紹藍は苦笑した。

作っているのは本人のはずだが、どれも上等な品だと言わないあたり、紹藍の好みをよく把握してくれている。

「そんなことより、今日はえらく男前の役人を連れてるな。どうしたんだ？　そういえば、女将が紹藍が宮廷に勤めると言ってたか」

「ええ。こちら、その宮廷勤めでの上司です。ちなみに私は休暇中で上司は仕事中です」

「お前の子守りが今日の仕事か？　まあ、細かいことは気にしないことにするよ。ああ、よさそうな筆が見つかったら試し書きをするかい？　半額を払ってくれるなら構わないよ」

「したいところですねえ。でも、今お金があんまりなくて……。買う時はいいんですけど、買わない時は懐が痛すぎて」

買う時は経費なので気にしません、とまではさすがに言えず、紹藍は曖昧に言葉を濁した。

すると店主は笑った。

「なら、ツケにしといてやるよ。紹藍なら逃げないだろうし」

「え、いいんですか」

「ああ」

「じゃあ、早速選びますね」

そうして、紹藍はじっくりと筆を見始めた。

太さだけで選ぶと五本近く目的のものがある。この中からどの一本を選ぶかは、試し書きができるとは言え、もうじっと見るしかない。

「江遵様。時間がかかりますから、おじさんの隣にでも座っておいてください」

「え……」

「この店、他に座れそうな場所、ありませんから」

「おう、ないぞ。あんちゃんも座れ、どうせ立っていても早く終わったりしねぇからな」

そう店主に言われ、江遵は諦めたかのようにその場から動いた。

江遵には筆をじっと見ただけで違いが分かるのか、よく分からなかった。

紹藍がそうしたいと言っているのだからその選び方で今まで合っているのだろうが、筆は筆。

見た目は同じではないかと思わずにはいられない。

（だが、ずいぶん楽しそうだ）

絵が好きというだけでこれほど筆に真剣になるのかと、あまり趣味という趣味がない江遵にとっては不思議であった。

「真剣だろ。今なら外野の言葉なんて耳に入らないぞ」

「そうなのですか？」

「ああ。茶菓子があるっつったって聞きやしねぇ」

そう言いながら店主は「安い庶民の茶だから役人のお偉いさんに合うか分からんがな」と言って茶を出した。

「しかしアンタを見ていると、あの子の父親を見ているみたいで懐かしいなぁ」

「父親？　紹藍の父は役人だったのか？」

本人からは母と二人暮らしだったことしか聞いていなかったので、父親の話は初耳だった。

「ああ。この辺じゃ知らん人はいないくらい、いい人だったよ。昔、都を壊滅させるかというくらいの流行病があっただろ？　厄災って言ってるアレ。当時この辺りに住んでいた住人はかなりの数が玲藍様に助けられているからね」

懐かしむように話す店主の顔から、いかに玲藍という人物が慕われていたのかが分かる。

「もっとも、尽力してくださったせいで玲家は屋敷まで手放すことになり、申し訳なく思うことも少なくはない。その後も残った者も少ないしね。ただ今も残っている当時助けられた者たちは、せめてあの子がいい子に育つのを見守るくらいはしたいと思っているよ」

このような話をしていても全く反応しないあたり、店主の言うように紹藍は集中し続けているのだろう。

聞こえていれば無視するような性格ではない。

「その話を紹藍は知っているのか？」

「わしらの考えに気付いているか否かは知らんが、父親のやったことは知っている。本人は父がやりたかったことをやっているのだから、自分もやりたいことをやっても文句を言われないはずだとあっけらかんとしているし、もし助けられた者が責任を感じているなら、それは筋違いでそう思わせた父親が悪いと言っていたのを聞いたことはある」

「心根（こころね）が真っ直ぐなのだな」

「その点は両親共に揃っていたからだろう。まあ、それでいて騙されやすい性格ではないから、ただただあのまま思うように生きてくれたらとは思うよ」

そう言って店主は自分が入れた茶を飲んだ。

江遵も同時に口に運んだ。

苦い茶であるが、喉を過ぎれば不思議ともう一口飲みたくなる味だった。

「この茶も玲藍様が調合してくれたのと同じ配分だ。全く、本当なら玲藍様だけが救済を行う道理などなかっただろうに……今でも亡くなられたことが惜しくてたまらない」

「……すまない」

「なんであんちゃんが謝るんだ。あんちゃんが身分ある人だったとしても、当時まだ子供だろう。できることなんてありゃしねえ」

「そうかもしれないが」

「次にもしなんかがあったら、その時は頼りにするかもしれんがな。まあ、何もないことを祈っているが」

そう言って店主は次に煎餅を口にした。

(玲藍か……。聞き覚えがあるような、気もする)

『下町の画聖』の素性は、実は大して調べていない。

そもそも蜻蛉省の人間は皇帝のためになる、必要な人材を確保するだけだ。国家転覆を狙うような人材であればまずいが、そのくらいは要注意者の一覧があるので問題ない。

(一度、戻ったら調べてみるか)

いずれにしても、あの厄災と言われた伝染病の問題であれば幼かった自分も全くの無関係とは言い切れない側面もある。

そう思っていると、不意に紹藍が顔を上げた。

「この筆に決めました」

意を決した顔に、本当に話など聞こえていなかったのだなと江遵は思わされた。

筆を選んだあとは外で描きたいものを描いてみる、というのが試し書きの形式だ。墨は店内で磨らせてもらい、水入れと梅皿は拝借し、紙は購入する。そのあとは好きなところに行けばいいと言われるが、カゴに入れさせてもらったとはいえ、あまり荷物を持って距離を歩くのもどうかと思うので、紹藍はいつも道一本先にある水路で絵を描いている。

ここだと鳥や木々もあるし、人を描きたければ行き交う人たちがたくさんいて困らない。

「絵を描くだけですから、江遵様は店で待っていてくれてもいいですよ。お菓子も出てたでしょう」

「興味があるからついてきたが、戻った方がいいか？」

「見たいなら別に戻れとまでは言いませんけど」

ただ、絵を描いている時は何を聞かれても相手をしない。

というよりも、聞こえていない。

それでもいたいというのであれば構わないが、暇じゃないのかとも思う。

（まあ、一応忠告はしたし。飽きたら戻るでしょう）

そう思いながら紹藍は周囲を見回し、今日の題材を選ぶことにした。

だが、題材にふさわしいものよりも先に二人の少女が言い争う姿が目に飛び込んだ。

少し距離があるため何を言い合っているのかはよく聞こえないが、十に満たない少女たちの喧嘩（けんか）は何が原因なのかと、紹藍は思わず近づいた。

「二人とも、ここで争うと危ないよ。水路に落ちたら大変だよ」

そう紹藍が声をかけると、よく似た顔の少女たちは同時に紹藍の方を見た。

言い争っていたこともあってか、二人とも目に涙が滲んでいる。

そして、ほんの少しだけ背の高い少女が叫んだ。

「そうよ、このお姉さんに決めてもらいましょ！」

「い、いいわよ！　私の言ってることの方が正しいもん！」

「一体何があったの？」

自分から踏み込んでいったので巻き込まれるのもやむを得ないとは思ったが、少女たちが互いに思ったよりも強気であることに紹藍は驚いた。

そもそも、二人して正しいと主張するものが一体なんなのかも気になる。

「そこに、綺麗な花が咲いているんです」

「ええ、綺麗な花ね」

「私は摘んで、熱が出てるお母さんに届けたいって思うんです。元気になるからって。でも、お姉ちゃんはお花が可哀そうだからお母さんは悲しむって」

「だって、お母さんはお花は大事にしなきゃって言ってるじゃない！」

（ああ、これ、正解がない話だ）

強いて言うなら、その母親の感性に近い方が正解だとは思うが、会ったこともない人物の話など紹藍には分からない。

だが、だからと言って知らないとこのまま立ち去ることもできない。

ならば、できるのはただ一つ。

「じゃあ、二人の案の間をとって……この花はこの場所で、この花の絵だけを持って帰らない？」

こんな提案をすることくらいだ。

案の定、二人ともきょとんとした表情をしており、紹藍が言っている意味が分からないとでも言いたげだ。

だが、争いが一旦止まったのであればそれでいい。

「ちょっと待ってね、すぐに描いてみるから！」

強引に勢いだけで紹藍は自分のペースに持っていくことにした。

画板を広げ、梅皿で墨を調整し、筆を浸し、そして描く。

わけが分からないといった状態だった二人は、白い紙の真ん中に花が咲いていくのを見て感嘆の声を上げた。

「お花がある！」

「すごい、お姉ちゃん上手！」

「あはは、ありがと。本物には届かないけど、綺麗な花の代わりはこれでなんとかなりそうかな？」

描きながら紹藍が尋ねると、姉妹の妹の方が首を縦に何度も振っていた。

「よし！　じゃあこれが描き終わったら可愛い姉妹も描いてみようかな。お嬢ちゃんたち、私に描かれてみないかな？　報酬は描き上がった絵だよ」

「描かれる！　描いて！」

二人は既に喧嘩をしていたことを忘れたかのように、元気よく答えていた。

紹藍も普段描く時はこれほど喋らないので、慣れないことをしている自覚はある。だが、子供が喜ぶ姿を見るのは楽しい。そのためであれば、多少の不慣れなど気にしてはいられない。

「よし、可愛い子をとびきり可愛く描けるように頑張るからね！　でもまずはお花を完成させよう！」

　そう言い、紹藍は丁寧に筆を走らせた。

　やがて自身らも描いてもらった子供たちは、紹藍に礼を言い、何度も頭を下げてから走っていった。

　どこの誰かも分からないままだが、紹藍はその子らの病気の母親という人が早く元気になればいいなと思っていた。

「試し書きの書き味もなかなかよかったし、なんだか縁起がよさそうだから、この筆をもらおう」

　片付けながら紹藍はそう決め、そしてふと自分にも連れがいたことを思い出した。

「江遵様、この筆買います。経費でお願いします」

「ああ。分かった。支払っておこう」

「ありがとうございます」

「だが、筆だけでいいのか？」

「他に何か？」

「使った紙はどうするんだ」

「まあ、試し書きも購入に必要だったと経費扱いしてもらえるならありがたいですけど、今回

は実質私用として使用しましたし、数枚の紙だけなら買えるお金はありますから」

もらえるならもらってもいいが、別にもらわなくても問題ない。

そう言うと、江遵は「本当に構わないんだな」と念を押す。

「ええ。確かに金欠ではありますけど、彼女らを応援する気持ちはありますし。それに今日は私、食べ歩きでいっぱい幸せな気持ちになりましたので、幸せのお裾分けをしてもいいんじゃないか、と」

そう言い切ってから、紹藍はまだ試し書き用の紙が一枚残っていることに気が付いた。持って帰ってもいいが、どうせならもう少し筆に慣れてみようと「もう一枚描いてから戻りますね」と江遵に言った。

「どうせ用事はない。のんびり描いてもらって構わない」

「では、遠慮なく」

言うや否や、紹藍は再び紙に向かった。

今度は顔を上げることなく、脳内に記憶している状況を掘り起こす。

そして完成まで一気に描き上げた。

「江遵様、江遵様。これ、あげます」

「あげる……とは」

「まあ、見てください」

そして紹藍が江遵に渡したのは、団子を頬張っている江遵の姿だった。

背景は今日歩いた屋台の通りで、紹藍が見たままの風景だった。

「どうです？　なかなか美味しそうに食べていらっしゃるでしょう」

「ちょっと待て。私はこんなふうに食べていたのか」

「ええ。お役人とは思えない、普通の青年って感じですよね。上司として来てもらってるのは理解してますけど、江遵様も楽しんでおられたのは何よりです」

江遵はしばらく絵を見つめて固まっていたが、やがて吹き出した。

「はは、くくくっ、なかなか面白い絵を……もらってしまったな、ははっ」

「え、そんなに笑います⁉」

「ああ、いいものをもらってしまった」

喜んでもらっているなら何よりなのだが、そこまで笑われると思っていなかった紹藍にしてみれば予想外もいいところだ。

（……ほんとに、いつまで笑うんだろう）

逆に紹藍が戸惑いたくなるほどの状況は、しばらく続いた。

やがて江遵の息が落ちつき、筆の代金やら借り物の返却を済ませたあとは再度甘味を楽しみたいと紹藍は申し出た。

紹藍としては果物を何か屋台で買えたらいいと思っていたのだが、それならいい場所があると江遵に連れられて向かった先は立派な茶屋だった。

「え、江遵様。江遵様のお支払いになるんですよ、分かってますか」

「知っている。だが、下町の画聖に絵を描いてもらって礼をしないのも失礼だろう」

「いや、別に依頼を受けたわけではないんで、そんなことないんですが……。でも、今撤回しないなら奢(おご)られますからね」

紹藍はこの店に入ったことはなかったが、食堂の客から美味しい餡の入った饅頭があると聞いたことがある。

入るならまずはそれを頼もうと思っていると、席に案内されるや否や江遵が次から次へと頼んでいた。そこには紹藍が頼もうかと思っていたものも含まれている。

「もしや、江遵様は常連ですか」

「まぁ、ほどほどに。ここは個室になっていて、利便性がいいからな」

「ああ、お仕事か何かでも使ってらっしゃるんですか」

店の格式だけで注目していなかったが、言われてみれば確かに個室だ。外に人がいないか注意する必要があるにせよ、話をするのにも都合がいいのだろう。

「……いくつか尋ねたい。まず、玉蘭殿の絵のことだ」

早速、道端では話せないような内容が飛び出した。

それは別に深刻そうな雰囲気でもないが、仕事に関係することであれば紹藍も少しは引っかかる。

「提出したものに、何か気になることでも？」

「いや、それはない。だが、以前描いたものもよくできていた。あのままでも通せるほどに。だが、没にしただろう」

「ええ。玉蘭様本来の魅力が欠けていると思いましたので。って、前もお話ししましたよね？」

「ああ。だが、お前は見たものを描けば職務として不足はなかったはずだ。あえて深く関わろうとしたのはどうしてだったんだ。報酬も変わらんだろう」

紹藍は逆になぜそう尋ねられるのか不思議に思ったが、もしかすると宮廷での仕事はそれが普通なのかもしれないとも感じた。

「まぁ、描きたい絵があの状況じゃ描けなかったというのが一番大きいですよ、やっぱり。私、描くならその人の人柄が表れる絵がいいですし、悲しいより嬉しい絵の方がいいです」

「そうか」

「そうです」

「そうすると、さっきの串焼きを頬張る私も本質が表れていると」

「食事は人を素直にさせることが多いですよ」

あれだけ笑ったのだから不快ではなかっただろうにと思いながら紹藍が答えると、やはり江遵は笑っていた。

どうやら、満足いく答えであったらしい。

「茶は難しいが、菓子は食べきれなければ持って帰れる。好きなだけ食べてくれ」

「えっ、分けなくていいんですか」

「足りなければ足そう」

さすがに追加までは悪い……と思っていた紹藍だったが、蜂蜜がかかった揚げ芋を食べた瞬間にその思いは揺らいだ。

こんなに美味しいものがあるのか、どういう調理をしたらこうなるのか、ただ揚げただけではないだろう、蜂蜜が美味しすぎるからこうなるのか？　など、思うことがたくさんあった。

その様子ははっきりと江遵に伝わり、希望するまでもなく追加注文が行われた。

「江遵様って、すごく気前がいい人だったんですね」

「あまりに美味そうだからな。たまの機会だ。うまく仕事が運べば、また連れてこよう」

「え、本当ですか？」

高待遇の仕事にとても嬉しい追加報酬があるとなれば、嬉しいどころの騒ぎではない。

「もともと頑張ってますが、さらにやる気を出しますね」

「ああ、期待している」

「……ついでに、一つ尋ねたいことがありますが、よろしいですか」

「答えられることかは分からないが、言うだけ言ってみろ」

「ありがとうございます。……表向きには事件は解決という形になっていますが、実のところ、解決してなかったりしませんよね……？」

その紹藍の言葉に、茶を飲もうと湯吞みを持った江遵の指がピクリと動いた。

「何が言いたい？」

「梁淳は確かに娘の地位を上げるために今回の悪巧みを計画したと思うんですよ。でも、本当は誰かに唆されたのかなとも思っちゃって。侍女の買収は、まぁうまくいったとして……毒草の件は、わざわざ城内に植えてまで使う必要などなかっただろうと思うのです」

仮に自分の所有する場所で毒草が見つからないようにするため、言い逃れができないことを防ぐため、という理由があったとしても。

きっと他の手立てを用いて、別の薬を使うという方法もあったはずだ。

だが、あえてその方法がよいと思ったのであれば……。

梁淳自身がその場に用意したのではなく、そこに毒草を用意した誰かの口車に乗せられた可能性はないのだろうか？

考えすぎだと言われればそれまでではあるものの、疑問がどうしても残る。

「……これは私の勝手な予想だが、梁淳は本業でも敵が多かった。おそらく、梁淳の地位を上げるために協力する振りを装って、実際は自滅させることに成功した者がいても不思議ではない」

「その者がもし本当に存在していても、野放しにせざるを得ないのですか？」

別に梁淳を庇う気など一切ない。

だが、他に黒幕がいるのであれば再び何かを計画することだろう。

「調べはしている。まあ、梁淳が口を割れば早いが……アレは表でも隠していることが多いからな。墓穴を掘るか助かるかという天秤で物事を測っているところだろう」

「……頑張ってください」

「まあ、この辺りは私らの管轄ではないからな。刑部が頑張ってくれているだろう」

完全に丸投げだが、実際に役職が違うのであれば、それも仕方がないことなのだろう。

「なんだかモヤモヤしますけど……まあ、仕方ないですね。悪人が私欲のために動いただけとはいえ、それを唆す人もいい人だとは思えませんから、早く反省してもらいたいものです」

「見つかったところで反省するような者なら、そもそもしないと思うがな」

「まあ、世の中そんなものですね。でも、そうあってほしいんです」

すっきりしたようなしないような妙な感覚になりながらも、紹藍はひとまず気になっていたことが少しだけ分かってよかったとも思った。

自分が積極的に関与することはないだろうが、今後巻き込まれないためにも黒幕は皆きっちりと捕まってほしいと願うばかりだった。


そうして、贅沢な休暇を過ごした翌日。

まだしばらく妃を描く仕事は延びると思っていた中で、紹藍には別の任務が急遽与えられた。

第四章　噂と妃と真相と

「もし、よろしければ……私をお救いくださいませんか？」

このような声のかけられ方は、紹藍の人生経験上初めてだった。

後宮で下女が働く様子を描いていた紹藍に声をかけたのは、おそらく妃だと推察できた。

名前までは分からないが、身なりが上等に見えることから、ある程度の身分以上だとも推察できる。

だが、妃に救ってくれなどと言われても、どのような言葉が正解か分からない。

ただ、黙ったままでは何も解決しないことは分かる。

「とりあえず、状況をお聞きしてもよろしいでしょうか？」

内容が分からなければよいとも無理とも答えられない。しかも困り事が本当に困っている話なのか、何か大袈裟なことなのかも分からない。

「実は私、人探しをしておりますの」

「人、ですか？」

「ええ。でも、見つからなくて」

「……ということは、その方を探すための絵が欲しいと」

「そうなのです」

なるほど、確かに人探しには絵があれば雰囲気は伝わる。

しかし、紹藍には気になることもある。

紹藍はこれまで空想で人物画を描いたことがない。

「あなたの言葉を絵にしても、私の想像が正しくない場合も考えられます」

「問題ありません。もしそのようなことが起きれば、私の準備不足でございます」

妃ははっきりと言い切った。

そして、手にしていた小ぶりな蓋つきの陶器を差し出した。

「お礼はこの程度しか用意できませんが……」

「開けても？」

「ええ」

何が入っているか、紹藍には分からない。

ただ、この容器の模様は知っている。先日、江遵に連れていってもらった茶屋にあったもので……。

（こ、これは。きっと、あの蜂蜜だわ……！）

とびきり美味しかったあの蜂蜜は、やや小ぶりな容器といえども相当な価値がある。

（……でも、ちょっと待って。確か、梁淳に小遣いをもらってた下女は副業禁止だったわよね。私は絵を売っていいと言われてるけど、今は休みでもない、執務時間中だし……）

ただ暇がないわけではないし、人探しであるなら休みまで待たせるのも気の毒だ。

（くっ……蜂蜜は諦めるしかないけど、仕方ない）

紹藍は手のひらを相手に見せ、受け取らないことを仕草で示した。

「依頼は受けさせていただきます。ですが、私も官吏ですので贈賄と疑われることは避けなければなりません」

「よろしいのですか？」

「いただけるものならいただきたいのですが、今はそういうわけには参りませんので」

本当はかなり欲しいと思いつつ、紹藍はぐっと堪えた。これが上司も認める茶会で出てきたら……とは思うが、自分から茶会を開いてくれと願うこともできはしない。そもそもお礼という名目のない茶会は、参加させてもらえるかどうかも分からないのだが。

「では、早速お聞きしますね。その人の性別や背丈、雰囲気などをお聞きしたいのですが」

「ありがとうございます。読み上げますね」

「え、読み上げ……？」

事前に特徴を多く書き連ねているのかと紹藍は驚いた。さらに実際に読み上げられ始めてからも驚かずにはいられなかった。

「年は十六。女性です。背丈は私より少し高いくらいで、髪はまっすぐで艶やかな黒髪です。目はやや大きめの杏仁型で美しく、眉は細い柳のようで、紅を差さずともほんのり紅い唇は桜桃のようで、歩く姿はまるで牡丹とでも言いましょうか」

「絶世の美少女をお探しなのですね」

そんなに美しい人であれば、人相書きなどなくても見つかるのではと一瞬思うものの、実際それを描こうと思うとなかなかに難しい。

よくある美しい娘の描写そのものすぎて、実際の人物が想像できない。

話を聞きながらどのような表情を浮かべていることが多いのかといったことは尋ねるものの、顔についてはまるで物語を読んでいるかのようでしっくりこない。

(共通の知人がいれば似たような目や輪郭も分かるかもしれないけれど……)

そう思いながら、紹藍はこの国で美しいとされる造形をとことん集めた少女を描いた。

(いや、絶対こんな子いないと思うんだけれど)

しかし想像できたのは描いた通りだ。いっそ違っていても、どういうふうに違うか指摘された方がやりやすい。

そう思って紹藍が妃の方を見ると、彼女は目を輝かせて顔を赤らめていた。

「……あの？」

「いえ！　失礼。とても素敵な絵をありがとうございます！」

「え？　ええ、その、あの、でも、きっとこの子は探し人ではないですよね？」

力強い礼を言われたものの、訂正は必須のはずだ。

だが、紹藍の考えとは裏腹に妃は左右に首を振る。

「いいえ、この絵以上に彼女らしい彼女はありませんわ！」

「そ、そうなのですか？」

「ええ、本当にありがとうございます。このご恩、一生忘れません」

「えっと……よかったで、す……？」

そうして何度も振り返りながら頭を下げ、そして進んでいく彼女を見送りながら、紹藍は実に妙な気分だった。

これ以上ない喜びをされたのは幸いだが、絶対にあの絵では探し人は見つからない。

（彼女の目的は達成されるわけもないのに、喜んでもらってよかったのかしら……？）

とはいえ、自分に止められる場面があったのかと問われれば、それはなかったと断言できる。

つまり自分にできることは何もなかった。いや、強いて言うのであれば描くか描かないか選ぶ

ことだけだったというのが正解か。

「……まあ、深く考えるのはよそう」

しかしあれほどの喜びようは、一体どのような関係の相手だったのか、と紹藍は少し気になった。そして今回聞くことはできなかったが、次回もしどこかで会えば失礼にならない程度に尋ねてみようとも思った。

なにせ、描いた絵が本当に役に立つのかどうか、その行方も気になるのだから。


……などと思っていた四日後。

後宮の一角にある、老朽化した扉の修繕に伴う現状報告として絵を描いてきてほしいと江遵に命じられ作業をしていると、紹藍は件の妃に出会った。

「先日はありがとうございました」

少し息を切らせながら走ってくる妃に、紹藍も立ち上がり挨拶を返す。

「お役に立てましたでしょうか」

「それはもう！　もう、大事にこのように箱に入れております」

そうして妃は漆で作られ金箔の装飾が施された箱を紹藍に見せた。

（わざわざ持ってきてくださった……のはいいんだけど、飾っていては見つからないのでは……？）

もしかすると後宮にいるが故に会えない人を想っている可能性もある……と考えたが、仮にそうだとしても、あの判然としない状況説明で描いた絵がその人物そのものを表せているとは思えない。

（逆に深く聞かない方がいいのだろうか）

「あの……？」

そう紹藍が若干引きつり笑いを浮かべてしまっていると、妃が再びじっと紹藍を見つめた。

「大変お忙しいのは承知しております。ですが、もし可能であればもう一名、どうしても探している人を描いてほしいのです……！」

「えっと」

「紹藍様のお仕事の状況は蜻蛉省へ問い合わせたので存じております。お忙しいのは承知です。ですが、一枚だけ、どうしても描いていただきたいということを相談したところ、私自身を描いてほしいと願うわけでないのであればという条件付きで許可も長官様より頂戴いたしました」

そんな話は聞いていない。

そう思ったが、そもそも紹藍は長官なる人物に出会ったことがない。会ったことがあるのは、副長官である江遵までだ。

（ということは江遵様も聞いていなかった可能性もあるし……これは責められない）

しかしそこまで根回しも済んでいるのであれば、紹藍に断る理由もない。

「かしこまりました。前回同様、あまり自信はありませんが務めさせていただきます」

「ありがとうございます。では、その前に……前回お渡しできなかったこれを」

「え、ですが」

「これも長官様に相談させていただき、高価すぎないものであるためお渡しするのに差し障りないと判断いただきました。お納めください」

嘘だろ、と紹藍は言いたくなった。

紹藍にとって、前回もらい損ねたこの蜂蜜は十分高価すぎる物品だ。

だが、江遵の許可があるのであれば問題がないのも事実だろう。

「ですが、紹藍様は本当に面白い方ですね」

「え？」

「ここでは便宜を図るために贈り物を要求する方も多いですもの」

その台詞を聞き、紹藍は以前梅花に言われたことを思い出した。

そして想像以上に悪習ははびこっているのだと理解した。

「私は便宜を図ってもらうためにここに来たわけではありませんので」

「あら、ではどういう目的で？」

「お給金に見合う働きをするためです。後ろめたいと使えませんからね」

そう言い、紹藍は先ほどまで腰掛けていた石に再度腰掛けた。

「仕事の絵はほぼ完成しております。長官の許可も得ていらっしゃるのでしたら、今からお描きしましょうか」

「あら、いいの⁉ ありがとう」

そう言うと、彼女は手にしていた箱から紙を一枚取り出した。以前と同様に、おそらく特徴をまとめているのだろう。

以前は驚いたが、今回はもう想定している……と思ったのだが、それはいわゆる前振りでしかなかった。

「まず一番の特徴は全身が筋肉で引き締まったよい体をしていることです」

（顔の話じゃないの⁉）

「伝え忘れましたが、男性です」

（でしょうね‼）

ただ、その特徴だけでは筆は全く進まない。

筋肉質だろうが服は着ているはずで、その特徴が分からなければ描きようがないのだ。

しかし服装が分かろうとも、探し人を見つけるために一番必要なのはやはり顔だろう。

「全身を描くことは理解いたしましたが、お顔についての特徴もお聞きできませんでしょうか？」

「顔ですか。……実は、顔は抽象的な表現に留まるのですよね……」

「はい？」

「その、万人が振り向く神々（こうごう）しさというか……」

さすがにそれで描くのは困難だ。

紹藍にも好みの顔はあるが、それは誰もが好むと断言できるとは思わない。

「なんらかの特徴はありませんか？　例えば目であれば釣り上がっている、垂れているなどいろいろあるかとも思うのですが……」

「どういうものが魅力的でしょう？」

「えっと……」

もしかすると、妃の言っている探し人は彼女の知り合いではないのかもしれない。しかし知り合いでないのであれば、長い説明文らしきものが書かれた用紙を用意する必要があるのだろうか？

もっとも、その中身が絵を描くためになんらかの役割を果たすことはなさそうなのだが……。

「あの、念のための確認ですが……実在する人ではあるのですよね？」

あまりに突拍子のない質問の仕方かと思ったが、何から尋ねればよいか分からなくなった紹藍はそう尋ねてしまった。

知人か否かを尋ねるのは踏み込みすぎる質問かと思い避けたからという理由もあるが、よくよく考えればこの質問は失礼にあたるものかもしれないとも思う。

なにせ、妄想で人を探しているのかと捉えられかねない尋ね方だ。

だが、妃は目を瞬かせた。

「あらやだ。そういえば、私、前回もきちんとご説明してませんでしたね」

「え？」

「私、紹藍様に初めてお会いした日……私が創作する小説に登場する主人公の姿を連想できる方がいらっしゃらないかと、後宮内を散策しておりました」

「あの、詳しくお聞かせ願えますか？」

今の説明だけで理解の範疇を超えたと判断した紹藍は、すかさず妃にそう告げた。

「執筆したいのに、どうしても筆が止まる。その状況を打破するためには主人公にそっくりな方にお会いすることかもしれない。そうなれば想像も広がる……そう思ったのですが、どうしても見つからなくて。思わず紹藍様にお声をかけさせていただいた次第です」

「……そうだったのですか」

「はい」

そんなこと、微塵も想像していなかった。

紹藍は心からそう思った。

しかし初めて会った日に妃と交わした会話を思い出し、なおかつ今の話を当てはめても特に違和感は生まれない。

（……いや、でもちょっと言葉足らずが過ぎるんじゃない？）

しかし紹藍がそう思うのとは対照的に、妃は楽しげな思い出を話すように言葉を続けた。

「あの絵をいただいてから、一気にお話が進みましたの。でも、また止まってしまって……。今度は相手役となる方なのですが、私、家族以外にあまり男性とお会いしたことがなくて。特徴をどう書けばいいのか分からずにぼかしてきたせいで余計に想像がしづらくなって……」

「そういうことだったのですね」

「ええ。しかもどちらかといえば武術に傾倒した家なので、文武両道の男性を思い浮かべづらくて……」

そこに顔は関係ないのではないかと思わなくもないが、なんとなく状況は把握した。

（いや、妃で小説を書いている人がいるっていうのは想像してなかったし、そういうのもあり

なのかどうか分からないけど！　でも、とりあえず実在しない人だという情報はありがたい）

それなら、と紹藍はいくつか絵を描き始めた。

「近い印象のものを仰ってください。それから、修正をかけていきますから」

「よいのですか？」

「ええ。かつて私が見た、容姿が整ったと思う方を描いていきます。口や鼻、目を混ぜ合わせて描き直すこともできますから」

こういうところで食堂で勤務していた経験が役に立つとは予想外だなと紹藍は思う。客が多い店であるから、容姿に優れた者の出入りも多い。

（容姿だけでいえば、江遵様や柳偉様も整っていらっしゃるわよね）

そう思うと、一応それらしいものも描き加えてみる。

「どの方もとても魅力的ですね。特にこのお方、だらしのない格好ですが、きっちりとした身なりをすれば相当素敵になるのでは？」

「では、こちらの方と組み合わせてみますか？」

「そうね、それがよさそうだわ」

そうして細々と描いていくと、どんどん妃の表情が明るくなった。

「なんだか、私の子に会えたような気分だわ！」

「喜んでいただけて幸いです。でも架空の人物を描くのは初めてですので、これでいいのかと……。私も、漠然としか印象を持っていませんし」

もしその物語を読んでいれば、もう少し印象の近い人物を描けたかもしれない。

とはいえ、相手もそれを生業にしているのであれば見せてほしいと頼むのは違う気がする。

紹藍も真剣に絵には向き合うが、そのための用具として本を買おうとまでは思わない。

「あら、私ったらそんなことも思いつきませんでしたわ。もちろん強制ではないけれど、私が自著を贈ったら読んでくださいますか？」

「え？　ええ、それはもちろん」

強制ではないと言われたところで、断ることなどできはしない。もとより、半ば自分が言った言葉が原因だ。

それに、本を読むのは嫌いではない。

新しい本を手に入れることはなかったが、父親の遺した本を読むのは割合好きだ。

もっとも、その中に物語という種別のものはなかったが、貸本屋の前で若い女性が流行している本について語っているのを聞いたことがないわけでもない。

「じゃあ、すぐに持ってきます。待っていてくださる？」

「ええ」

そして、妃は一度紹藍の前から去っていった。

その後宣言通り、妃とは思えない速さを維持しながら妃らしい優雅な足取りで戻ってきた。

「私は蓉蓉の名で活動しているの。どうぞよろしくお願いしますね」

（ん……？）

その名前に紹藍は少し引っかかった。

聞いたことのある名前だ。

しかも、それは貸本屋の前で。

（まさか）

そして表題を見て、そのまさかが現実のものだと知った。

（架空の後宮を舞台にした作品を描く、士族のお嬢様たちのみならず町娘の間でも人気の作家じゃない……！　後宮の人間だなんて誰が考えるの!?）

紹藍はそんな叫びを堪えながら、笑みを浮かべた。

「お名前はお聞きしたことがありました。市中で大変な人気を博しておられますね」

「ありがたいことです。後宮は執筆に励むには打ってつけの場所だと思います。余計に筆が捗るようになりました」

本気なのか冗談なのか、紹藍には分からない。

ただ、どちらにしても肯定も否定もできないのだが。

「ねぇ、紹藍様。もしよろしければ、絵が完成したら版画にして、本に綴ってもよろしいかしら？　もちろん、お代はお支払いいたします」

「え？　それは構いませんが……」

「ありがとう！　これで読んでくださる方もより印象を深くしてくださるし、私のこの感動も伝わるわ」

それは大袈裟ではないかと紹藍は思ったが、割と早い時期に仕上がった版画入りのものは瞬時に売り切れたと言う。

さらに増刷予定だと聞いたのは、その代金を支払いたいとの申し出があったからなのだが……。

「こちらは絵のお礼。こちらは売上に応じた分配金と考えているの」

（いや、想像より多くくださるつもりなのは嬉しいのだけれど……）

ただ、その支払いをしたいと呼び出した相手の名前に紹藍は引きつっていた。

武芙蓉。

後宮での呼ばれ方は白妃。

まさか四色夫人の一人で、かつ、次に紹藍が絵を描く予定の相手だとは思ってもなかった。

今までの客と絵描きという関係から、妃と官吏という立場になると紹藍としては少し気持ちが違っている。

（いや、出会った場所が後宮だし妃の一人だとは思っていたけれど、四色夫人だとは思っていなかったから……！）

別に失礼なことを言ったわけではないし、怒られるようなこともしていないのでビクビクする必要はないはずであるのだが、なんとなく知らなかったという事実が紹藍を緊張させていた。

ただ、そんな緊張を感じているのは紹藍だけだった。

「待ってたわ、いらっしゃい！　白蓮宮にお招きできたのは初めてですね、どうぞゆっくりしてください……と言いたいところだけれど、まずはお話をさせていただいてもいいかしら？　ああ、もちろんお菓子を食べてもらいながらですよ」

そう最初に口にした芙蓉はにこにこと紹藍に席を勧め、そして侍女に命じて紙の束を持ってくるよう伝えた。

「あの、白妃様」

「やだわ、紹藍様。私のことは蓉蓉で構いません」

「そういうわけにもいかないのでは……」

ただでさえ妃をそのような呼び方で呼ぶのはいかがかと思うし、周囲に侍女もいる中でそのようなことは無理だろう……そう思っているが、やや年配の侍女が紹藍の視線に気付き首を横に振っていた。

（まさかの降参宣言⁉）

きっと一度言い出したら聞かない性格なのだろうと紹藍は思うものの、さすがに今の立場で蓉蓉と呼ぶのはあり得ない。

「本日の私は白妃様をお描きする官吏として参っております。どうぞ、ご容赦くださいませ」

「それもそうね、残念だわ。私を描くためですものね」

思ったよりもあっさりと納得されたものの、「では今日は仕方がありませんね、今日は」と今日を強調されたので、本心が伝わっているのかいないのか紹藍には分かりかねた。いや、伝わってはいないのだろう。

「それより紹藍様が描いてくれた絵のおかげでますます執筆意欲が上がりました。筆が止まっていたのだけれど、あれからこんなに書けたのです」

「それは……すごいですね」

中身を読んでいなくとも、明らかに分厚いそれが大量の文章ですぐに書けるようなものではないのは紹藍にも分かる。

素直に驚くと、芙蓉は笑った。

「紹藍様が梁淳をやりこめてくれたから、鬱陶しいのも一つ消えましたし。本当に紹藍様は最高ですね」

「え？」

梁淳のことは後宮内では広く知られているわけではない。

緑妃や黒妃が誰かに話して伝わったのであれば分からなくはないが、後宮内で起こったことは女官が処分された件だけで、梁淳の名前は出ていない。そして、二人はあえて解決済みの事件を外に話すような性格ではない。

そして外部では蜻蛉省が関わったとはされているものの、名前が出ているのは江遵と柳偉だ。下女と話はしたが、名乗ってもいないので自分の名前が広まることはないはずだ。

「何かお間違いではないでしょうか？」

もしかしたら蜻蛉省であるという話を外部から聞き、江遵たちと紹藍のことを勘違いして思っているのかもしれないと思い、紹藍は尋ねた。

実際は自分も関わっているのだから間違いではないのだが、面倒なので噂の通り自分は関わっていないことにしたいと紹藍が思っていると、芙蓉は目を瞬かせたあと「そういうことにしておきましょうか……？」と口にした。

どうやら、本当に知っているらしい。

逆に紹藍が驚いていると、芙蓉は笑った。

「どうして知っているのか、お知りになりたいかしら？」

「そうですね、どうしてそう思われているのかは興味があるというか……」

「では、もう一つ私のお願い事を聞いてはいただけないでしょうか？」

「どのようなことでしょうか？」

内容を尋ねてはみたものの、おそらく創作の絵のことではないかと紹藍は思った。それなら描いていても楽しかったので、断る理由は何もない。

だが、依頼は想像から大きく外れていた。

「実は下級妃の住まいに幽霊が出ると騒ぎになっているのです。どうにかできませんでしょうか」

「え……？」

幽霊の存在を紹藍も信じてはいない。

あの大禍で大勢の人が亡くなっているにもかかわらず、下町で一度も見たことがないのがその理由だ。もしかすると存在しているものの自分では認知できないだけかもしれないが、いずれにしても役に立てそうにはないと思ったのだが。

「幽霊騒ぎなんて困りますよね。幽霊は創作でこそ本領を発揮するものではないですか」

「え？」

思っていた話とは展開が異なり、思わず間の抜けた声が出てしまう。

「さ、左様でございます……ね？」

「本当に迷惑ですよね。一時期は何か物騒なことが起こるのではと宦官の見回りも増やされましたが、原因が分からないままうやむやになっているのです」

「つまり……白妃様が仰りたいのは、幽霊でない何かがあると思われるので、幽霊の名誉を保つためにも解決したいと？」

「ええ。だいたいその通りでございます」

幽霊に怯えるわけではなく、むしろ幽霊を守りたいという旨に紹藍はただただ『後宮で生きていく方々はやはり只者（ただもの）ではない』と思わずにはいられなかった。

「そもそも見回りは毎日決まった時間に行われるはずですが、実際に行われているかどうかは怪しいものです。下級妃たちが、私たちのところなんてどうでもいいのでしょうと噂していますから」

「それは……」

「本当に何もなければ、それでいいのです。けれど、宦官の言葉だけでは信用できません」

妃が宦官を信用しないことは、よくあることだ。相手をよく知らずとも、去勢までしてその地位を得たいのかという侮蔑の気持ちが勝るのだろう。

実際に皇城では宦官だろうがなかろうが、贈賄の習慣が根付いている。だからより宦官に疑いの目が向いても不思議ではない。

そこに階級の差があるとはいえ、同じ妃が見回りをしていないと指摘するのであれば、他の目を欲することも自然だろう。

「かしこまりました。解決できるかどうかは別としまして……一度、調べさせていただきましょう」

「ありがとうございます。では、まず噂の場所や見回りの範囲について説明いたしますね」

手際よく説明を始めた芙蓉の様子からは、彼女も既に独自に調べようとしていたことが感じられる。だが、妃である以上動きにくい場面もあるのだろう。


その後、芙蓉を描くという当初の目的は一旦保留となった旨を江遵に報告し、迎えた同日夜。

「思ったより寒い」

上着は持ってきたものの、動かないという条件下では風が吹くと身震いしたくなる。

とはいえ、今までの人生で紹藍は風邪など一度も引いたことがない。そのため心配はいらないのだが、思わず『早く異変が起きてくれればいいのに』と願いたくもなってくる。

（いや、何もないのが一番なんだけど！　何もなければ明日もよね！　厚着してくれれば済むかもしれないけど、部屋でゆっくりする方が絶対いいし！）

しかも、時間の流れが異様に遅く感じる……と思えば、丑時（うしのとき）の鐘の音が聞こえる。

（って、宦官の見回り、本当にないの!?）

本来ならもう一度目の巡回が終わっているはずだが、紹藍は一度もその姿を見ていない。そして、見逃すわけもない。

このままだと二度目の巡回もなさそうだが、はてさて、状況を調べなくてもよいものかと少し迷う。

ここを離れては幽霊の調査は中断する。

だが、宦官の仕事ぶりに問題があると分かっていて放置するのもいかがなものか。

（……少なくとも二度目の見回りまでに、まだ時間はある。別の道を巡回しているだけかもしれないけれど、一度夜間警備の待機所へ向かってみようかしら）

行ったとしても今日の巡回担当が誰であるか分かるわけではない。だが、例えば業務に関係のない話で盛り上がった故のサボりであれば、それは報告せねばならないことだ。

一体どういう雰囲気なのかと知るために向かうことも悪くはないだろう。

紹藍はそう思いながら移動を開始し、しばらく歩いた。

ただ、歩くと言ってもこの時間だ。

下手に自分が新たな幽霊だと思われても大変なので、紹藍はできるだけ目立たないように足音を殺しながら移動した。幸いにも進み始めてからの道中は白い猫に一度出会っただけで、人に会うことはない。

しかし、下級妃の部屋が並ぶ一角より北にある書庫の横に差しかかったところで、紹藍は足を止めた。

（今、僅かだけれど風の音の合間から男女の話す声が聞こえたわ）

もともと騒がしい食堂で働いていた時に注文などを聞き逃さないようしていたため、こういう時に聞き間違えることはないという自信はある。

昼間であれば、宦官だって女官や宮女と会話の必要が生じることもあるだろう。

しかし、この時間では不自然だ。

声が聞こえたのは紹藍がいる場所のすぐ左隣、書庫がある場所だ。

（こんな時間のこんな場所の男女の逢瀬(おうせ)なんて、疑ってくれと言っているようなものよね）

しかも声の雰囲気がどこか甘ったるい。

紹藍は額に手を当てた。

宦官は大事な部分を切断しているとはいえ、性欲はあると聞いている。しかしだからといって、職務放棄で行われる逢引が許されることはないし、場所が場所だ。

（どうしてもっていうなら妓楼でもどこでも行ってよねぇ……）

まさかこれが見回りの宦官ではないだろうなという思いもあるが、相手の女の素性も確認が必要だ。仮に妃の密会となれば侍女を含め何人の首が飛ぶことになるのだろうか。

仕方なく紹藍は高窓がある場所の側まで近づいた。中を確認した方がいいのだろうが、扉を開けば確実に気付かれることだろう。

まだ何の話をしているか確定していない中、それはよろしくない。

（完全じゃないけれど、だいたいは女が男を持ち上げる話をしていて……今、明日、持ってくるって言った？　明日もここで会うつもり？）

もっと分かりやすく聞こえればいいのにと思いつつも、明日の約束までできるということは他に気付かれることはないと確信しているのか、それとも、気付かれたとしても問題ないと規律を軽んじているのか、舐めきっているだけなのか。

いずれにしても宦官と女の顔は見ておこうと、紹藍はそこからただ甘い声で男をいい気にさせる女の声に耐えながら聞いた。

大した収穫はないが、どちらかといえば宦官が女に惚れている様子ではあるが、女の言葉はどこか営業のように聞こえるということか。

やがて、本来二度目の巡回が終わる頃に二人の逢瀬は終わったらしい。

宦官と女の顔をそれぞれしっかりと見たあと、紹藍は女のあとを追った。

(服装は女官のようだけれど、いくらでも偽装は可能だもの)

女がやたら曲がりくねった道をゆくのは、周囲の目に映らぬようにするためだろうか。やたら暗い道を躊躇いなく進むあたり、相当慣れている様子だ。

一体どこの所属だと紹藍が思っていると、女はやがて一つの宮に到着した。

……が、そこは紹藍にとって考えてもいないところだった。

(え、いや、さすがに……ここ、幻冬宮じゃ……)

後宮について最小限の知識しか持ち合わせていない紹藍でも、この宮は知っている。

(だって、ここ、皇太后が住んでいる場所よね……?)

近づくべきではないと来た日に注意を受けたこの場所は、本来侍女も含め外出などできるはずがない。

高い塀に囲まれ、出入り口には施錠がなされたうえで門番もいるはずで、許すはずがないのだが、宦官はさっと扉を開けていた。

(既に買収済みなのね)

何をしているのかは知らないが、頭が痛い問題だと紹藍は強く感じた。

「……とりあえず、江遵様にご報告ね」

紹藍はその後、一応朝の鐘を聞くまで元の場所で待機してから蜻蛉省に戻った。もちろん幽霊を見ることはなかった。

「と、いう事態が発生していました」

「……お前、ややこしい話を持ってくるのが得意のようだな」

「いえ、江遵様がややこしい話があるところに私を派遣するのが得意なんでしょう。ものすごく寒かったですよ」

それは特別報酬をもらいたいくらいだと言おうとすると、そっと飲み物が差し出された。柳偉であった。

「もう寒くないかもしれませんが、これは美味しいですよ。柑橘に蜂蜜を入れ、温めたものです」

「士族の飲み物じゃないですか！　本当に飲んで大丈夫なのですか？」

「どうぞ」

思わぬ報酬に紹藍は顔を綻ばせるが、江遵の顔は渋い。

ただ、紹藍も顔が渋くなる気持ちは分かる。

自分は偉い立場でなくて本当によかったと思っているほどだ。

「で、女と宦官の顔はこんな感じです。描いてきました」

「暗い中でよく見えたな」

「ここの暗さは、街よりまだ明るいですしね。それにもともと、絵の練習は夜が主でしたから、見えないと話にならないんですよ」

「しかしここまで見えるとは……。夜行生物か？」

「いらないなら破りますよ」

褒められているとは思えない言葉にそう言えば、江遵は「冗談だ」と言った。

「しかし、今日も逢瀬をするつもりというのは……さすがに放置もできんな」

「では、今日は書庫で張っていましょうか？　でも、私一人じゃ何かあったとしても逃げられる自信がありますよ」

「大丈夫だ。今から陛下に会って後宮に入る許可を得る」

「へぇ……って、大丈夫なんですか!?」

さらっと言われたが、皇族でも皇帝や皇太子以外の男性は成年前までしかいない場所だと紹藍は聞いている。

そんなところに、いくら役人でも……と思ったが、柳偉も頷いた。

「それしかないでしょうね。江遵様なら許可も下りますし。私は後宮外の宦官を動かせるようにしておきましょう。武官ではありませんが、まぁ、庇おうとする宦官がいても制圧できる人選にしておきます。ついでに、紹藍の似顔絵の宦官の名も調べておきましょう」

自分とは対照的に淡々としている柳偉に紹藍は『蜻蛉省だからなのか……？』と疑問を抱いたが、どうもこの状況に限っては自分の方がおかしいらしいことだけは分かったので、それ以上突っ込むことはやめた。

「そういえば、紹藍は皇太后がまだ復権を諦めていないことを知っていますか？」

「……そうなのですか？」

追いやられても諦めないとはどんな精神力なのかと紹藍は少し驚いたものの、一時的とはいえ国を背負っていたこともある女傑だ。強い意志を持っているのは不思議なことではない。

そして……今、紹藍は柳偉が言った言葉の意味を少し推察してしまった。

「もしかして、侍女が出歩いているのは情報収集のためでしょうか？」

「だろうな。紹藍の話だと、宦官を完全に手玉に取っている。次の手を考えている最中なのだろう」

顔に『めんどくさい』という文字を貼り付けたような江遵が、深いため息と共にそう吐き出した。

「とりあえず、後宮の見回りをしている宦官は、七日ごとに昼と夜の勤務を交代している。昨日は一日目のはずだ。もし空振りでも、明日もある」

「まぁ、早くかたがつけばいいですけどね。今日の約束も聞けたわけですし」

「それはそうだな。とりあえず紹藍は待機所から昨夜の宦官が出てくるのを待ち、あとをつけてくれ。……ひとまず今は自室に戻って休むか？」

「休みたい気持ちはありますが、もう一仕事を。幽霊騒ぎの手がかりが何もないので、下級妃のところへ行ってどんな姿か聞いてこようと思います」

紹藍の言葉に江遵と柳偉は少し気の毒そうな表情を見せた。

二人とも、どうやら幽霊は信じない性質らしい。

「無理はするな」

「そうですよ。夜に待っている仕事の方が大切ですからね」

「まぁ、実際何もないことの証明が一番面倒ですから……とりあえず、一旦昼には上がって寝てから夜の張り込みには向かいます」

なにせ、依頼主も幽霊自体はいないと思っているのだ。万が一、こちらが人為的なものであればそれはそれで面倒だと思いながら、紹藍は下級妃たちの元へ向かった。

下級妃たちに幽霊の話を聞きたいなどといえば怖がられる可能性もあると紹藍は考えていたが、おおよそそれは杞憂に終わった。

「不気味なの、解決できるなら協力するわ」

「この辺りの不吉な噂をされて困っているの。分かることは話すわ」

「幽霊のことを信じてくれるの？　窓も開けられなくて困っているの」

このように、紹藍が向かった先では皆、自分の都合とはいえ歓迎してくれ、意地の悪いことを言う者はいなかった。

ただ、中には他の下級妃から自分への嫌がらせではないかと疑っている妃もおり、一筋縄ではいかないのも現実だ。

そのような状況下で話を聞き、目撃した絵を目の前で紹藍が描くのだが……。

「皆、抽象的すぎて分かりにくい……」

幽霊の顔を見た者は一人もいない。

それどころか、幽霊の姿もはっきりとしない。白くて素早く動く、身は屈めているといった特徴はあるのだが、大きさについては人それぞれでかなり幅がある。舞うような速さで動くと言う人もいれば、不気味なほどゆっくり這って動くと言う人もいる。

（恐怖心で大きく見えたり、視力の関係で小さく見える可能性もあるし……分からないわ）

見かけ以外にも不思議なことを聞いた。

妃たちは「不気味な声を出す白い存在を見て恐ろしいと思っていたら、幽霊の噂が流れ始めて、ああ、やっぱり幽霊だったのかと思ったの」という旨を揃って話していた。

（噂の発信源はどこなの？　まるで皆、見たのはアレかって当てはめているようなのよね）

不気味な声についても真似ができないと誰も聞かせてくれなかったし、昨日はそのような声も聞こえなかったのだが……。

「まぁ、結果としてなんの収穫も得られていない、ということよね」

紹藍はそう思いながら、自分でも何を描いたのかよく分からない幽霊の絵を全てまとめて机の隅に置いた。何も描いていない部分も多いので、解決すればまだまだ練習用紙として紙は使える。

「……でも、不思議よね。江遵様も仰っていたけれど、私が行くところでこんなことが起きる……？」

このことにも、少し疑問を持っている。

玉蘭や梅花の件については、本当に偶然だったと思う。ただ、今回問題あるだろう宦官と皇太后の侍女の密会を発見するというのは、少し都合がよすぎないか。頼まれてすぐ終わるのならばいいことではあるが、こんなに簡単に分かるものであれば、他にも早々に気付かれていてもいいのでは……。

そう紹藍は少し考えたが、まだ何も解決していないし、そろそろ寝なければ夜に眠気が来ることは目に見えている。

江遵からも柳偉からも、重要な仕事と言われている中で居眠りはもとより、うっかり見過ごすなどという注意散漫な事態をさけるためにも、ここはしっかりと時間ギリギリまで睡眠をとるべきだろう。

そして夕刻、紹藍は後宮へ向かう前に江遵に会い、その姿に遠慮なく笑った。

「まさか女装なさるとは……少々背が高いとはいえ、お似合いすぎて、どうしようかと思います。くくっ、く……」

「仕方ないだろ、後宮で普段の格好など明らかに目立つ」

「宦官のお姿ではいけないのですか？」

「門番に蜻蛉省の副長官が来たと気付かれたら終わる。件(くだん)の宦官に伝わる可能性もあるだろ」

「まぁ、今の江遵様を見てお偉いさんが来たと思う人はまずいませんね。お化粧もすごく整っていますし」

太い首筋はうまく付け髪で誤魔化し、喉も飾りで隠れている。胸の辺りも自然で、一体どうやっているのか紹藍はとても気になった。

「でも、下手をすれば妃の方々より美しいそのお姿で宦官の前に出られるのですか？」

いくらなんでも格好がつかないのではと思っていると、江遵は「書庫に入ればあとはどうにでもする」と言い切った。

（残念、着替えるのね）

しかし、妥当でもある。

「そういえば、江遵様はどういう立場で後宮の門を通るのですか？」

「書庫の雑用係の身分証を賜（たまわ）った。……まぁ、女官の一種ではあるが、士族の娘が着飾っていても不自然ではない場だから体格が誤魔化せる。大量の書物を持てば、大柄な者が選ばれた理由も分かるだろう」

その程度で本当に誤魔化せるのかという疑問はあるが、実際に江遵の顔を見ればどう見ても美女であり、疑問を抱かせないだけの説得力があるように見えた。

「……なぜまじまじ見る」

「いえ……あまり深く考えるのはよそうと思います」

「そうしてくれ」

「とりあえず、私は暗くなるまでは黒妃様と白妃様のお茶会に呼ばれていますので、終わり次第宦官の監視に入りますね」

「任せた。ああ、あと、今日も夜は冷えると思う。羽織を持っていくように」

そして、江遵は紹藍に手触りのよい羽織を渡した。自分の体にピッタリなのから察するに、朝に不満を聞いてからあつらえてくれたのだろう。

(た、高そう)

まず第一にそう思ったが、紹藍はぐっと飲み込んだ。一番に伝えるべき言葉がそれではないことくらいは分かる。

「ありがとうございます」

果たしてこれは経費で落ちたのかどうか気になるが、そうでなかった場合の金額が恐ろしいので紹藍は何も聞かないことにした。

(しかし、なんだかんだでやはり気が付く人なのだな)

だからこそ若いにもかかわらず副長官まで昇進しているのだろう。

そして副長官まで昇進してなお女装が仕事になっていることに、なんとも言えない気持ちになった。本人は気にしていないが、それも最終的には仕事馬鹿だからなのかもしれない。

（いずれにしても、人の上に立つのは大変だわ）

紹藍は自分ならなりたくないと、はっきりと思った。

そして、日も落ちた頃。

お茶会がお開きになった紹藍は人気のない方角へ歩きながら、万が一にも自分をつけている者がいないか確認をした。裏路地を歩いた経験も少なくないため、こういうことにも慣れているものの、まさか後宮でそのようなことをするとは思わなかった。

（まぁ、今の段階で私のあとをつける必要がある人なんていないとは思うけど……。一応、見つからないようにしなきゃいけないことだしね）

そして紹藍は誰もいないことを確認したのち、建物の陰に隠れつつ宦官の待機所が見える位置で待機した。

（柳偉様が仰るには、宦官の名前は李寧（リネイ）。若手で勤務成績は悪くないが、流されやすい傾向が見られていた……だっけ）

短時間でどうやって性格まで調べたのだろうと思いつつ、流されやすいのであれば誘惑に乗る可能性もあるということなのだろう。

何もなければ、それでも構わない……そう紹藍は思ったものの、巡回開始時間に李寧は待機所から姿を現した。

(って。あら……？　昨日より、腰の付近に厚みがある？)

注目しなければ不自然ではない程度だが、昨日李寧の姿をしっかりと目に焼き付けた紹藍にはやや不自然に映る。

さらに歩き方もやや昨日と異なる。靴は同じであるのに、違うものを履いているかのような違和感だ。

紹藍がそのように注目していると、いくらもしないうちに李寧は巡回ルートから外れた。

目的地は昨日と同じ書庫だ。

施錠されているそこを、宦官は鍵を外して中に入る。

(よかったのか、悪かったのか)

そう思いながら、紹藍は昨日と同じ、高窓のあるところへ移動した。李寧が皇太后の侍女と会うのなら、書庫の中の場所までは変えないだろう。

昨日はなぜか考えなかったが、書庫の中で頼りになるのは月明かりのみ。なおかつ人の視線の高さに窓がない場所は密会に最適だったのだろう。

李寧は侍女より先に到着したらしく、声はしない。しかし、しばらくすると僅かに土が擦れる音が紹藍の耳に届いた。

やってきたのは昨日の侍女だ。

侍女が中に入ったのを確認してから紹藍は扉に近づいた。そして音を立てないよう、慎重にあらかじめ江遵が用意していると聞いていた閂代わりの鉄の棒を取っ手に通した。

中に江遵もいるが、窓もあるしどうにでもなる。それよりは、逃げようとするかもしれない相手の不意をつく方が大切だ。

そして、先ほどの位置に戻る。

それからは、紹藍に仕事らしい仕事はない。

僅かに聞こえてくるのは再び侍女が李寧をよい気分にさせる言葉の数々。様子は分からないが、抱きついて甘い言葉を放っていても不思議ではないほどのものだ。

しかし、何かを李寧が侍女に渡したところで悲鳴が上がった。

（江遵様が踏み込んだな）

証拠は十分だと判断できたのだろう。

二対一であろうと、侍女では江遵の相手にもならないだろう。李寧の武力は知らないが、江遵は自分の急襲で倒せる相手かどうかを見誤ることもないだろう。

そう思っていると、紹藍が鍵をかけた扉がガタガタと音を立てていた。侍女が逃げようとしているのだろう。なぜ閉まっているの、と叫んでいた。

一応鍵が外れる可能性も考え紹藍は扉へ移動したが、間もなく短いうめき声と共に静かになる。

「江遵様、終わりました？」

「ああ、地獄みたいな見せものだった」

「あら、それでは私は外で正解でしたね」

そんなことを言いながら、紹藍は鍵を外した。

そこには後ろ手で縛られた女官と、既に化粧を落としていつも通りの服装でいる江遵がいた。

「あら、しっかりお着替え済みなんですね」

「この状況でそれが第一声か？」

「お化粧まで落とされているのが少し驚きだったので」

本人も大したことはないという雰囲気であったが、実は嫌だったのかもしれないなと紹藍は思った。

「私は何をいたしましょう？」

「とりあえず、待機させている柳偉に状況を伝えてくれ。あとはなんとでもなる」

「了解です。……もうご存知かもしれませんが、宦官は腰と肩に何か隠しているようですので、余裕があればお調べください」

そう言ってから紹藍はその場をあとにしようとした。

が、その時。

「あなた方、このようなことをして先帝様が黙っていらっしゃると思われるのか！」

高圧的な言葉を吐く侍女を紹藍と江遵は見下ろした。

まるで自分が被害を受けているような言い方だが、実際に彼女の中ではそうなっているのだろう。

（けど、皇太后のことを先帝様って……。初めて聞いたわ）

一時期皇帝代理の座に就いたことはあっても、彼女が正式な皇帝だと基本的に認識されていないし、現皇帝も認めていない。

それにもかかわらず先帝と言うのだから、いかに皇太后へ強い思いを抱いているのかが分かる。

しかし恫喝（どうかつ）のような声でも、紹藍には大して響かなかった。後ろ手で縛られ這いつくばった状態で、人の威を借りようとする相手を恐れるほど柔（やわ）ではない。

江遵も冷めた目をしている。そしてため息と共に言葉を吐き出した。

「与えられた宮から出ることができぬ皇太后陛下が、お前の処分を知る手立てがあるというのか？」

「な」

「お前は私を宦官、この娘を女官だと思っているようだが、共に蜻蛉省の役人だ。意味は分かるな」

侍女から息を呑む声が聞こえた。

皇太后と対立し、皇太后を追いやった側の人間がこの場にいるとは思っていなかったのだろう。

「もっとも、皇太后がお前を使い、宦官を通じ何を知ろうとしていたかが分かったとしても、自分は命じていないとしらを切ることだろう。そもそも皇太后は自分の近辺に色欲に満ちた不埒なものがいると指摘されれば、確実に切って捨てる。よかったな、お前の尊敬する皇太后は無傷だ」

その言葉で侍女は顔色を変えた。

江遵は見下すように笑った。

「お前は先ほど私を威嚇したようだが、本当にその言葉が役に立つとすれば、宦官の上官には皇太后の息がかかった者がいるということだな。皇帝陛下の耳にお届けしておこう」

「あ、あ……」

侍女の様子を見ながら、紹藍は侍女もまた皇太后に言いくるめられていたのかもしれないと思った。

絶対に大丈夫だとか、何かがあっても握りつぶせるだとか、そのような類の言葉かもしれない。

（どういう状況かは分からないけれど……。でも、結局この侍女も権力を求めたのよね）

皇太后が帝位を再び得ると侍女が信じているのかどうかは分からない。ただ皇太后の名を口にした時点で、地位を盾にすることに躊躇いがないことは分かる。

（そんなに欲しいものなの。でも、このくらいの執念があれば幽霊にもなれるのかしら）

そう思いながら、紹藍はため息をついた。

そして「柳偉様のところに行ってきます」と言い、仕事に戻った。

侍女のことはどうせ考えても、答えなど出てくるはずもないのだから。


そして、四日後。

蜻蛉省の自室にやってきた江遵から、紹藍はことの顛末（てんまつ）を聞いていた。

「宦官が持っていたのは妃たちの状況を事細かに書いたものと、宦官の当番を記した紙や宦官の日誌もあった。妃たちの記録の筆跡は多人数で、一人でやったことでないのは明らかだ」

江遵の言葉に紹藍は首を傾げた。

「日誌？　なぜそんなものが必要なのですか」

「妃たちの行動記録と同様だ。仲間……いや、違うな。配下を増やしたいと思ったのだろう」

「あー……」

動けないならば、動ける者から切り崩していけばいい。そういう話なのだろう。

「もともと皇太后は宦官を味方につけることで、陛下が成人なさるまで実権を手放さず自分の天下を築いた人だ。宦官を優遇していたから、当然宦官からの人気は高い」

「……だから、宦官たちは贈収賄も当たり前になって、取り締まる陛下を煙たがるんですね」

「そういうことだ」

それなら宦官たちの中には強く皇太后を支持する者たちがいたとて不思議ではない。きっと宦官以外の役人でも同じように皇太后を支えている者もいるだろう。

「陛下も一気に入れ替えたいと思っているだろうが、実際そのようなことをすれば混乱も起きるし、表面上どちらの立場か分からない者も少なくない。こうして地道に炙り出すしかないのが現実だ」

「難しいですね」

「皇太后を処刑できるだけの大義名分があれば片付くともお考えだが、現状では困難だ。よく軟禁状態までもっていけたとすら思う」

「……気の毒ですね、陛下は。実の母親相手に、そんなことを考えなければいけないんですから」

母と二人で過ごしてきた紹藍としては考えられない内容だ。生活に苦しさはあっても、正しく育ててもらったことは金銭的な問題など感じたこともないだろう皇帝よりも裕福に暮らせていたのではと思ってしまう。

「でも、江遵様は本当に陛下がお好きですね」

「は？」

「陛下のためなら女装も厭わないのに、しっかり化粧を落としてから宦官と侍女を捕らえる……。本当は女装はしたくなかったんだなとよく理解しました」

「あのな」

「でも、あまりに美人だったので描き残してますよ」

その言葉に江遵は青くなった。

「なぜそんなことをする」

「絶世の美女ですよ？　今後、例えば白妃様に美女を超える美女を描いてほしいと言われた時の参考にもなるかもしれませんし」

「絶対やめろ」

「大丈夫です、江遵様だとは言いません。絶対に」

しかし江遵は頭を抱えた。

「……最後に、宦官と女官の処分についてだ。宦官は職務専念義務違反、情報漏洩、書庫への不法侵入、女官は不法侵入、離宮の門番の買収及び教唆などの罪となる。加えて両者には姦淫(かんいん)の罪もつく」

「まぁ、妥当ですよね」

「皇太后、宦官長共に無関係と主張したが、皇太后については今後は警備ではなく鉄門を設置、小窓から物資の受け渡しをすることになる。宦官長は度重なる不正や部下の状況が把握できていないとのことで降格。長官と仲の悪い副長官が長官へ昇進するそうだ」

一応、皇太后の動きを制限するという意味では、皇帝にも収穫があったのだなと紹藍は感じた。

「なお、皇太后は侍女に対して自分の顔に泥を塗った罪により死刑を求めているそうだ」

「過激ですね。指示したのはご自身でしょうに」

「実際は流刑(るけい)に留まるだろう。詳しく皇太后の話をして減刑を求めてはいるが、ろくな情報はない。……そんなものを与えている者を、小間使いになどしないだろうしな。同じく減刑を求める宦官も仲間を売ってくれている。それでも、氷山の一角だろうが」

そうして、江遵は長いため息をつく。

「自業自得だと思うが、毎度後味が悪い仕事だ」

「毎度と仰るのに慣れないということは、江遵様もお人好しだということですね。お疲れ様です」

紹藍の言葉に、江遵は小さく笑った。

「茶化すな。……今回の件で陛下は前々から考えられていた、新たな宦官の任用を中止する方向性を打ち出すらしい。表向きには裕福さを求めて就く者がほとんどで不正の温床になりやすいとのことだが、宦官の勢力を削ぐことと、警告の意味があるだろう」

「早く余計なことを考えずにお仕事できるようになればいいですね」

「まるで他人事だな」

「だって、私に政治のことはあまり関係がありませんし。ただ、変な仕事が減って後宮に出向いてもらえる可能性が上がるなら、それに越したことはないと思いますよ」

そうしてニヤリと笑えば、江遵は肩をすくめた。

「紹藍のように分かりやすい者ばかりだといいんだけどな」

それは、決して馬鹿にしているわけではなく、心からそう思っているようであった。

同刻。皇太后は荒れていた。

割られた茶器は床に散らばり、床は水に濡れている。ただ、それを片付けるために侍女が近づくことができぬほど、皇太后の表情は怒りに満ちていた。

(あの女。馬鹿だとは思っていたけれど、下手な動きで警戒されるほど馬鹿だったなんて)

扱いやすい侍女を駒にした自分に責任があるとも思いはする。

ただそうなると、わざわざ人目につかぬ場所と時間まで選んでやっているのに、子供の使いすらこなせないほどの馬鹿を手元に置いていたこと自体に腹が立ち、ここ数日、思い出しただけで気が立ってしまう。

(まだまだ子飼いはいるし、鉄門如きで私の動きは変わらないけれど……まったく、反抗期の息子たちには手を焼かされる)

しかしそう思うと、心は少し落ち着いた。

そう、どうせ相手は青二才。

自分は終わりではない、掃除が済んだだけだ。そう思えば何が問題なのかとも思えてくる。

「綺麗事だけで物事を進めるなんてできないと、早く知ればいいのよ」

そう笑いながら、皇太后は茶器をもう一つ割った。

江遵から話を聞いた日の午後、紹藍は芙蓉に会っていた。

「やはり幽霊は見つかりませんでした」

「そうなのですね」

「ただ、原因はなんとなく分かりました。たぶん、今白妃様のお膝にいる白猫様ですよね」

紹藍がそう言うと、芙蓉は何も言わずに笑みを深め、白猫は非常に個性的な鳴き声を上げた。

(うん、目の前にいるから猫だと分かるけれど……これは苦しむ人の雄叫(おたけ)びにも聞こえるわ)

無言の芙蓉から続きを促されている気がした紹藍は、言葉を続けた。

「おそらくですが、布を首に巻いたり頭から被った状態で白猫様は走り回られていたのかと」

「それだと確かに面白そうな姿になりそうですね」

「はい。白猫様の散歩道はだいたい決まっていらっしゃいます。そして、それは目撃箇所に合う。ただ、声が独特であるとはいえ、本来であれば幽霊が騒ぎになることはないですが……どの妃も噂を先に聞き、見えた不思議なものを幽霊だと誤解なさっていました」

聞いていなければ、幽霊だと思わなかった可能性もあるし、そもそも夜に外を気にすることもなかっただろう。

「私は今回のことを、宦官の異常を知らせるために意図的に幽霊が作られたように考えております。巡回しない宦官の存在を知らせて、その原因を探ってほしいというのが本音だったのではないでしょうか」

「直接、宦官のことをお願いせずに回りくどい方法を使う理由は？」

「平穏が侵される可能性があるからではないでしょうか。軟禁状態とはいえ、皇太后を推す方も後宮にはいらっしゃいます。目をつけられたくはない、しかしかといって宦官を放置しておくことも平穏とは言えない、という具合です」

そう紹藍が言うと、芙蓉は軽く両手を合わせて叩いて見せた。

口にはしないものの、どうやら正解ということらしい。

「私にはいろいろ教えてくれる方々がいるのです。黒妃と緑妃の話も、そこから入ってきました」

梁淳のことを知っている者が近しい者にいるということは、芙蓉はかなりの情報収集能力を持っているのだろう。

「いろいろなお話は創作意欲に繋がるから楽しいですよ」

「それは……何よりです」

「けれど、思ったより驚かないのね。どこで分かったのかしら?」

「白妃様の侍女頭様は、武術の心得もある方ですよね。歩き方が少し独特で……もし諜報活動を依頼されても可能であるように感じましたし、他の方にも同様の方がいらしても不思議ではないと思いました」

「それは面白い視点ですね」

正解とも不正解とも言わないので、紹藍の推測が当たっているかどうかは分からない。

ただ、満足そうに芙蓉は笑う。

「私、創作活動が大事なので皇后は全く興味がないのです。ですが、この素晴らしい執筆環境を守るためには全力を尽くしたいと心より願っております」

それは、四色夫人としてはいかがなものなのかと思わなくもない発言だ。

ただ、その正直な有り様と潔さは友人としては面白いと紹藍は思ってしまった。

第五章　その軌跡が結ぶ笑み

「とりあえず、これで三人分は終わりましたね。あとは赤妃様を残すのみですね」

少し不思議な、奥底が見えない白妃を描いた絵を江遵に提出しながら紹藍は告げた。

「そうだな」

「ところで江遵様。不思議なことがあるんですが、お尋ねしてもよろしいですか？」

「答えられるかは別だが」

「ありがとうございます。私、不思議なんですけど……。黒妃様も緑妃様も白妃様も、とてもいい人で皇帝陛下に対する敵意もなければ、皇太后陛下に対する信奉意識もありませんよね？」

「ああ」

「それでいて、四色夫人は復権を目論む皇太后陛下がお選びになったのですよね？　皇太后陛下が選ぶにしては、利点が少なすぎませんか？」

皇帝が後宮を避けていたのも、皇太后が選んだ妃たちだからという理由だったはずだ。

ただ、皇太后が選ぶにしては、むしろ皇帝に対して利のある人選になっていたと思う。

「……黒妃に関しては、皇太后が本来妃に据えようとしたのは黒妃の姉だ。実家は権力を好むうえ、姉は強欲であるから餌を与えれば操りやすいと思ったのだろう」

「そういえば……そんな話を仰っていたような」

「あくまで可能性だが、黒妃を追い出したかった皇太后が梁淳が動くように計画していてもおかしくはないと思っている。無論、梁淳が知らぬ状態でな」

うわぁ、と紹藍は言いたくなったのをグッと堪えた。

以前少し聞いた話ではあったが、それが皇太后のことだとはさすがに思っていなかった。

「緑妃は正義感が強いが、やや策略の対応には後手に回る傾向がある。なんらかの折に責任をなすりつけやすいと思ったのかもしれない。白妃は民衆への影響力が強い。後宮に留めておけば、自分にとって都合が悪いものを流布させないようできる可能性が高まる」

「要は言論封鎖の一環の予定だったんですね」

何もないのかと思っていたが、そんなことはなかったのかと紹藍は思った。

「けど、そこまで分かっていても陛下は四色夫人とお会いにならなかったんですね」

「それほど皇太后への嫌悪感があり、警戒していらっしゃるからだろう。……ただ、妃たちに対しては罪悪感も感じていらっしゃる様子だが」

「その罪悪感をもっと膨らませられればいいんですけどね」

人の様子が分かれば、感情を刺激できるかもしれない。

なんだかんだで現状を知ってもらうのはやはり大切だと、江遵も考えているのだろう。

「……今、三名の妃について考えられる皇太后の思惑は伝えた通りだ。ただ、赤妃に関してはよく分かっていない」

「どういうことでしょうか？」

「赤妃である成朱麗（セイシュレイ）殿の実家は由緒ある士族だが、かなり力を落としてはいる。そして没落の原因は皇太后にある」

没落という単語に紹藍は少し緊張した。

「皇太后が罪悪感から娘を上級妃に迎えるという可能性がないわけではない。だが、そんな性格だとは思えない」

「ならば、何かわけがあると思ってらっしゃると」

「まぁ、赤妃自体は非の打ちどころのない人物ではあるがな」

その江遵の評価に紹藍は珍しいと思った。

他の妃を褒める言葉を聞いたことがない。それでいて、贔屓しているようではない。

（一体どのような方なのかしら）

そんな気持ちを抱き、紹藍は後宮へ向かった。

そして赤妃の朱雀宮へ向かい……江遵の言った意味を理解した。

「ようこそおいでくださいました。私、成朱麗と申します」

そう柔らかな声でたおやかに挨拶をした朱麗は、儚げな美しさがある絶世の美女だった。

(まるで玻璃でできた人形のよう)

令嬢の手本のような人が実在するのかと紹藍が驚いていると、着席を促された。

侍女たちも温かな主人同様に、ふんわりとした空気を纏っているようにも見る。

「私、自身の絵を描いていただくのは初めてですので、楽しみにしておりました」

「ご期待に添えるよう、気合を入れさせていただきますね」

そして紹藍は道具を用意する。

これまでで一番滞りなく物事が進んでいることに、紹藍は不思議な感覚を覚えた。本来はこれが普通であるかもしれないが、今まではいろいろとありすぎた。

(でも、普通のお嬢様相手だと……どうお話ししたらいいものかしら)

本来なら四人目なので慣れているはずだが、いかんせん個性豊かな面々だ。だからある意味、士族のお嬢様相手に普通の会話を今までしたことがないといっても間違いではないはずだ。

(そもそも話題はこちらから振ってもいいものなのかしら。待つのが正解かしら)

そんなことを思いながら墨を磨っていると、朱麗がゆったりと口を開いた。

「墨の香りは落ち着きますね」

思わぬ言葉に顔を上げると、朱麗は優しく微笑んでいる。

「私もそう思います」

「よかった。時々、私の言葉で人に不思議な顔をさせてしまうので、発言してよいものか少し迷ったのです」

そう言いながら小さく笑う朱麗を見て、気を遣われたのだろうと紹藍は思った。

「今日はどのような姿を描いてくださるのかしら？　このように座っていたらいいのかしら？」

「こちらから特に要望はいたしませんので、赤妃様が思われる、一番自分らしい姿を見せていただければと思います」

そう言いながら、割と無茶なことを言っているなと紹藍自身も思った。これまでは個性が輝く瞬間を目に焼き付けて描き起こしているので、あえて自分らしい姿を要望したことはない。もっとも、同じようにどういう姿勢をとるかと尋ねられれば同じ回答をしたとは思うのだが……。

「私らしい、ですか……」

そう言った朱麗は眉を少し下げていた。

やはり困らせたかと紹藍は思ったが、朱麗の反応とは対照的に周囲の侍女は歓声を上げた。

「でしたら、朱麗様が舞踊をなさるお姿を描いていただけばよろしいのではないでしょうか！」

「ええ、朱麗様の舞は皆の視線を一身に集めます。よりお美しさが際立ちますわ」

「ならば私は衣裳を準備して参りますね」

「では私は髪飾りを」

そうして朱麗本人の言葉を待たずして、侍女たちは慌ただしく動き始めた。

「まだ準備が終わっておりませんので、そこまで慌てられなくても大丈夫ですよ」

場が混乱してはと紹藍は一応一言伝えたのだが、やる気溢れる侍女たちの動きはせわしない。

「ごめんなさいね、皆、働き者で」

「いえ、私は全く気にしないのですが……。皆様、本当に赤妃様を慕っていらっしゃいますね」

はしゃぐという言葉が近いほどの周囲に、紹藍も少し笑ってしまった。

皆自由でのびのびしており、それは主人が寛容であることを示しているのだろう。

「でも、皆が懸命に準備していては、きっと日が暮れてしまいますね」

そう言いながら朱麗は立ち上がった。

「皆、気合を入れてくれているところ申し訳ないのだけれど、あまり飾り立てては普段からそのような装いだと誤解されかねないわ」

「ですが、やはり一番美しいお姿をお描きいただいた方が……」

「特別な装いでなければ陛下に気にかけていただけないのでしたら、私はそれまでということですよ」

そう言いながら、朱麗は引き出しを開け、五色の帯がついた鈴を取り出した。

「まだ舞うのは早いかしら」

「いいえ、赤妃様のご準備が整っていらっしゃるのでしたら、私はいつでも構いません」

「では、お言葉に甘えて」

そして朱麗はふわりと舞い始めた。

(舞のことはよく分からないけれど……天女のようだわ)

指先まで神経が注がれていることや、それを支えるだけの筋力を維持していることは分かる。

もちろん天性のものもあるだろうが、努力もあってのものだろう。

だが、それを見た紹藍はどこかより一層近づき難さを感じた。

(できすぎた人、というか……創作に出てくる理想の人というか……人間味がないって思うのは私が捻くれてるからかもしれないんだけれど)

自分が嫌になるなと紹藍は思いながらも、あまりに美しい笑顔は口の端一つの角度まで計算されているのではと感じてしまう。

そうしているうちに、朱麗は舞を終える。

「いかがでしたか?」

「本当に……この世の方とは思えない、素敵な舞でした」

「まぁ、ありがとう。けれど、私の舞ではあなたの緊張は解れなかったようですね」

「さすがに天女様と同席して緊張しない人はいないかと」

「まぁ、お上手ね」

紹藍はすらすらと返事をしながらも、緊張を表面に出しているつもりはなかったので少し驚いた。

「では、緊張を解すなら……どのような話題がいいかしら。紹藍様の普段のお話を聞かせていただくことはできるかしら？　もしかしたら、私と似ているところがあるかもしれませんし」

「似ているところはなかなかないかと思いますが……。私は今はここで働いていますが、つい最近まで下町の食堂で働いておりましたし」

「あら、じゃあお料理がお上手なのね」

両手を合わせて尊敬の眼差しのような視線を受けて、紹藍は持ち上げられる人間の気持ちが少し分かった気がした。

「下町の料理ですので、赤妃様のお口に合うものではないかと思いますが、長年勤めておりますのでそれなりには」

「長年？　小さい頃からされていたの？」

「ええ。私が生まれる前に厄災で父が亡くなり、体の弱い母と二人暮らしでしたのでお金が必要で。今はお給金がよくて療養所代が払えるようになりましたし、そもそも食堂の皆は親切だったので幸運でしたが」

あまり暗くならないよう紹藍は少し慌てて後半を付け足した。自分では特に大したことだとは思っていなくとも、士族のお嬢様には悲惨に聞こえるかもしれない。そんな誤解はよろしくない。

だが、紹藍の言葉に朱麗の表情は目に見えて落ち込んだ。

「ごめんなさいね」

「いいえ、謝罪いただくようなことは何一つありません。むしろ、気を遣わせてしまい申し訳ございません」

「そんなことはないわ。お父様を亡くされて……。私も父を亡くしておりますから、つらい気持ちはよく分かります」

そう言われて、紹藍はいよいよ反応に困る。

記憶がない相手への思い入れと、朱麗の気持ちは明らかに違う。

「それに、お二人でということなら紹藍様はご兄弟もいらっしゃらないのですよね……？　私は兄たちがよくしてくれておりますが、それでも父が生きていたらと思うことは多々あります」

「仲良しのお兄様たちがいらっしゃるのですね」

「ええ。兄たちは私とは比べ物にならないくらい、とてもよい人たちです」

少しだけ表情を明るくした朱麗に紹藍はほっとした。しかし同時にこの完璧な天女が比べ物にならないくらいと言うほどの兄たちは一体どのような人なのかという疑問も湧いた。

ただ、分かるのは……。

「赤妃様はお兄様たちのことが大好きでいらっしゃるのですね」

朱麗が兄のことを話す表情は、多少紹藍に対する申し訳なさを見せているとはいえ、舞の時の表情よりも柔らかく人間味があった。そしてこちらの表情の方が落ち着くと紹藍は思った。

するとと朱麗は少しだけ頬を染めた。

「口に出したことはありませんが……そうですね、私はお兄様たちが大好きです」

「きっと、お兄様たちも赤妃様が大好きでいらっしゃいますね」

「ありがとう。……私欲になるのですが、もし私が陛下と直接お話しできるようになれば、直接地位を賜る必要はございませんが、兄たちに機会を与えてほしいとお願いしたいと思ってしまうことがあります」

少し冗談っぽく言う朱麗は、たとえ本心であったとしても皇帝に直接そのようなことは言わないだろう。

会った程度でもし言ってしまえば距離を取られることは目に見えて分かっているだろうし、下手をすれば邪魔をすることになるのも把握しているはずだ。もしそのようなことを願うのであれば、一番早いのは皇后になることだ。そうなれば頼む以前に、必然的に周囲が生家を無碍(むげ)にはできなくなる。

それでも冗談とはいえそう口にするのは、それほど兄たちのことが大切なのだろうと思った。

「後宮に入ったあとは兄たちに会うことは難しいと理解していましたが、顔が見えないと本当に元気に過ごしているか不安ですね」

おそらく手紙でやり取りはしているのだろう。

ただ、今まで大事にされていたことが分かるからこそ、心配させまいとしているのではないかと考えてしまう気持ちも分からなくはない。

「あの、もしよろしければ私がお兄様方のお姿を絵に描き留めて参りましょうか」

「え?」

「ご本人とお会いできないことには変わりないですが、お兄様方もきっと赤妃様同様にご心配なさっていると思います。赤妃様のお姿も描かせていただいて、お渡しさせていただけたらと思うのですが」

紹藍の提案は朱麗の想定外だったのだろう。

目を瞬かせて驚く朱麗は、それまでの落ち着きようとは少し違う気がした。

しばらくして、朱麗は笑った。

「ありがとう、紹藍様。では、お願いできますかしら」

「もちろんです」

兄たちに渡す絵は、今の笑顔がいいだろうと紹藍は思った。

家族を想って浮かべる笑顔は、家族に渡す絵にふさわしいと思う。

そして、その絵を朱麗に見てもらうべく描こうとした時、窓に小鳥がやってきた。小鳥はピピピと可愛らしい声で鳴き、窓台の上でくつろいでいる。

特に目立つ鳥ではないので、朱麗があえて飼っている鳥であるようには見えなかったが、朱麗は気にすることなく近づいた。

「可愛い小鳥でしょう？　少しお転婆ですぐにカゴから飛び立つの。戻ってきてはくれるのだけれど……ほら、お食べ」

そう言って近くの引き出しから麦を皿に載せて近づくと同時に指をすっと差し出した。小鳥は定位置だと言わんばかりの様子でそこに乗り、麦を啄(ついば)み始めた。

朱麗が小鳥を見る視線は、まるで姉妹を見るような温かなものだった。

「この子はお父様が飼われていた鳥の子孫なのです」

「だからご家族のようなのですね」

「まあ、そう見える？　嬉しいわ」

そう言いながら朱麗が浮かべた笑顔には小鳥を思う気持ちと、父との思い出の両方が詰まっているのかもしれない。

（本当に、大好きでいらっしゃったのね）

そう思いながら筆を走らせた。

描いたのは二枚で、一枚は先ほどの笑顔を浮かべる姿で、もう一枚は鳥に話しかける朱麗の姿だ。

朱麗に見せると、彼女はとても驚いていた。

そして朱麗は鳥に話しかける姿の絵を手に取った。

「ねえ、紹藍様。この絵は私がいただいてもいいかしら」

「もちろん大丈夫ですよ。お兄様方にお渡しする絵はこちらでよろしいでしょうか」

「ええ。ありがとう。大事にするわ」

小鳥のことも本当に大事にしているのだろう。

そう思うと、描いてよかったと紹藍は心から思った。

その後、紹藍は朱麗に他の妃たちも一日ではなく数日にわたって話をし、その姿を描いたことを話した。

「私はだいたいいつでも大丈夫です。もし当日、突然紹藍様のお時間ができたというような場合でも、ぜひ一度お訪ねください」

「ありがとうございます。では……明日の午後はいかがでしょうか」

「もちろん大丈夫ですよ。お待ちしております」

こうして翌日の予定は決定した。

午後にしたのには理由がある。午前は、少なくとも朱麗の兄の一人に会うための交渉を行っておきたいと思ったからだ。

（でもお兄さんと会う方法ってどういうものか分からないし……約束の取り付け方を聞くために江遵様に相談しよう）

とりあえず部署が分かれば、そこと交渉ができるのではないか。

邪魔はしないので少しだけ話をしたいと思いながら、紹藍は江遵の元に向かった。

「江遵様、お時間ございますか」

「ああ、戻ったか。赤妃の様子はどうだった」

「とりあえず今日は二枚描かせていただきましたが、一枚は赤妃様のお手元に、もう一枚はお兄さんにお渡しすることになりました」

「どういうことだ？」

「紆余曲折(うよきょくせつ)ございまして、赤妃様はご家族の様子を心配されていたので、私が赤妃様の兄君たちと会い、赤妃様の絵をお渡しすると同時に兄君方の近況をお聞きし、絵を描き、赤妃様に届けることになりました」

「よく分からんが、とりあえず順調だということだな」

「まあ、一応少しは打ち解けたかと」

仲良くなったかといえば微妙だが、最初のとっつきにくいという印象は少し薄れている。まだまだ人となりを感じるには足りないとは思うが、朱麗という人を描くにあたり必要な情報は少しずつ入ってきていると思う。

「赤妃様の印象はどうだ」

江遵のその問いかけに、紹藍は珍しいと思った。

他の妃の時にはそのような問いかけなどしてこなかったのにと思うと同時に、あらかじめ微妙な立場のはずであるのにと気にしている雰囲気もあったので、問われても不思議ではないとも思った。

「とても優しい方ですね。周囲は妃のことがとても大好きということを隠していません。美しすぎる笑顔がやや作り物のようであり、本心かどうか見えにくいことも多く感じましたが、家族を思われている気持ちは本物だと思いますし、後宮がゴタゴタしている可能性を考えればあの笑顔は完璧ですよね」

「そうか」

その返事はどういう気持ちで言ったのか、紹藍にはよく分からない。

ただ、なんとなく知っている通りかというような返事にも聞こえた。

「ところで、江遵様。先ほどお伝えした通り、赤妃様の兄君方の絵を描きたいということになったのですが、私がお会いすることは可能ですか？　もし必要なら明日の午前は空けていますので、いろいろ手続きもできると思うのですが」

「ああ、それなら私が話をつけておこう。三人のうち、空きの時間ができそうな者の早い順から予定を入れておこう」

「え？　ありがとうございます」

しかしそれだと予定が決まるまで暇になってしまうと紹藍は思ったのだが、江遵はそんな様子を見て肩をすくめた。

「お前も母に手紙でも書いたらどうだ」

「え……。手紙ですか」

「なんだ、赤妃には家族想いだと言っていたのに自分は構わないのか？」

「いえ……その、まあ環境の違いと言いますか。庶民にとって高い紙を使って送料をかけて手紙をやり取りするのって、結構な大事があった時と言いますか……たぶん私がやったら、急に会いに行ったりするのと同様に何かやらかしたのかと逆に母の心労を増やすことになるかと思いますので」

一応、士族ならこうなのだろうなくらいの感覚で紹藍も皇城では過ごしているが、庶民の感覚が基礎にある。

下手に手紙を送れば、元気だと書いても本当は首になりそうだと読み替えられないかと心配しなければならない。送るとすれば、年始の挨拶か、面会の約束くらいだろう。

「そ、そうか」

「それに私は後宮に住んでいるわけではないですからね。本当に会いたくなれば、いつでも会いに行きますし、行けます。心配をかけないために行っていないだけで」

「そうか。そうだったな」

同じ「そうか」という言葉でも、江遵の声は先ほどと少し色が違っていた。

翌日。

江遵から「さっそくだが、朱麗の兄の一人から明日であれば時間が取れると聞いた」と伝えられ、ひとまず約束が取れたことに安心してから朱雀宮に向かったところで、赤妃の侍女の唐突な発言に驚かされることとなった。

「紹藍様！　ぜひ、朱麗様と碁の勝負をしていただけませんか！」

なぜ妃と勝負になるのか。拒否権はあるのか。

そう尋ねたいが、まずは順序を追わなければと紹藍は内心焦りながらも笑顔を貼り付けた。

「唐突でございますね……？」

「それは承知しております。ですが、先に紹藍様が描かれたという黒妃様はとてつもなく賢いお方でございますでしょう。ですが、朱麗様もとても聡明なお方なのです。ぜひ、それを体感していただきたいのです」

絵に実際の賢さが反映されるとは思わない。

そういう雰囲気が出ることはもちろんあるが、玉蘭との優劣は別として、それは既に十分感じ取っている。

だが、この状況に困っていたのは紹藍よりも朱麗であった。

「皆、紹藍様を困らせてはいけませんよ。私を描きに来てくださっているのに、碁を打てとは話が違うでしょう」

「ですが」

「皆の気持ちは嬉しいわ。でも、分かってちょうだい」

そう説得している姿を見て、紹藍は心の中でため息をついた。

このままでは朱麗が可哀そうだ。

「分かりました。お相手をお願いできますでしょうか」

「ですが、紹藍様」

「朱麗様との実力差はあると思いますが、置き石は結構でございます。母に、私の碁は父のようだと言われておりますので、私も父を想像しながら打たせていただきます」

「では……よろしくお願いしますね」

実際、紹藍は碁自体は嫌いではない。

家に残っていた本で規定を覚えたあと、食堂の暇な時間に客の相手をしていたが負けたことは一度もない。それを母親に伝え、一度手合わせをしたあとで紹藍は母に言われたのだ。

『お父様はとても碁が強かったのよ。紹藍は打ち方がよく似ている気がする』

ただ、そうは言われても所詮（しょせん）は下町での話であり、貴族のように本格的に学ぶということをしたことはないから実力差は出て当然だろう。

そう紹藍は思っていたのだが、勝負はなかなか競（せ）っていた。

決して紹藍が有利なわけではない。一つ間違えれば突き放されるような緊張感は常にある。

ただ、現状では相手が有利なわけではなく……つまるところ、拮抗していた。

侍女たちが固唾を飲んで見守っているだろうことも、もはや紹藍の思考にはなかった……が、不意に石を持つ自分の手の影に紹藍は驚いた。

「……赤妃様。投了させていただきます」

「え？」

「恐れながら紹藍様、ここで投了とはどういうことでございましょうか！」

侍女はまだ続けられるだろうと言いたいのだろう。

彼女らにしてみれば、赤妃の実力を見せたかったのにということもあるのかもしれない。だが、紹藍は苦笑した。

「夢中になりすぎて、時間が経ちすぎてしまいました。このままでは、赤妃様の夕餉の邪魔をしてしまいます」

そう言われた侍女たちは目を丸くした。

そんな中、朱麗だけが小さく笑った。

「ありがとうございます、紹藍様。今のお言葉で自分がお腹を空かせていることに気付きました」

「いえ、こちらこそ貴重なお時間をいただき、ありがとうございました」

「お兄様と同じくらい強い方と打てたのは久しぶりです。また今度、時間を気にせずともよい時にお相手ください」

「私でよければ、喜んで」

「でも、本当にお強いのですね。碁はお父様と似ていると仰った、お母様から学ばれたのですか？」

「いえ、基本的には働いていた食堂で研鑽を積みました」

その答えはここにいる誰もが想像していなかったのだろう。

侍女たちは一瞬固まったようにすら思えたが、朱麗は相変わらず微笑んでいる。

そして今日は一度も活躍しなかった絵の道具を持った紹藍が帰ろうとすると、朱麗は侍女たちに待つように手で指示し、紹藍の見送りを一人で行った。

「紹藍様。あなたはとても眩しい方ですね」

思わぬ褒め言葉に紹藍は聞き返すことも忘れた。

「立場は違えど、同じ苦難を受けた者として、とても輝かしい方だと尊敬いたします」

「そんな、とんでもないことでございます」

おそらく同じ苦難というのは、厄災のことを言っているのだとは理解できる。

ただ、紹藍には高貴な立場の人から尊敬されるだけのことをした記憶はどこを掘り返してもない。少なくとも今までの事柄はだいたい自分がやりたいからやったということが大前提だ。大きな誤解をされているのではないかと思ったが、朱麗の瞳を見るとその言葉を遮ることはできなかった。

「私も私が堂々とするために、せねばならぬことはしっかり行わなければと、あらためて思いました」

それは今までと同じ微笑みではあった。

ただ、瞳の中に何か強い意志があるように感じた。

だが、それが一体なんなのか、今の紹藍には分からなかった。

江遵から朱麗の長兄と会う約束ができたと教えられた紹藍は翌日、蜻蛉省の一角にある客間でその人の訪問を待っていた。
やがて約束の時間ちょうどにやってきたのは、健康的な肌色の武官であった。
「あなたが鴻紹藍殿か。初めてお目にかかる。私は成良（セイリョウ）という」
「お越しいただきありがとうございます」

「いや、だいたいの話は聞いている。礼を言うのはこちらの方だ。朱麗は元気にしているか？」

挨拶もそこそこにそわそわと妹の話を聞きたがるあたり、成良も妹のことを大切にしているのがよく伝わる。

「拙作ではございますが、昨日の赤妃様のご様子がこちらです」

「……よかった、元気にしているのだな。食も細くか弱く大人しいあの子が家から出ていった折には心配していたが、よい顔だ」

最後は机に伏しながらそう言うあたり、本当に心配で緊張していたのだろう。ただ、紹藍から見た朱麗はか弱くはないし、決してうるさくはないが大人しいというわけでもないように見えた。もしかすると成良の比較対象は男の武官なのではないかと思い、それなら少々心配が過剰であるとも思う。

ただ四人の兄妹のうち、一番下だけが女であるのであれば仕方がない面もあるのかもしれない。

「赤妃様は兄君のご様子をお知りになりたいとのことで、もしよろしければお姿を描かせていただけませんでしょうか」

「断る理由など何もない。何枚でも描いてくれ」

「ありがとうございます」

実際朱麗に渡すとなれば一人当たり一枚か二枚だろうと紹藍は思いつつも、既に準備していた墨や水差し、梅皿などを配置する。

「ところで、描く間に話すのは自由か？」

「ええ。言伝などございましたらお申し付けください」

「そうか。言伝ではないが……皇太后は大人しくしているか？」

思いがけない発言に紹藍は思わず手を止めた。朱麗のことをずいぶん心配しているのでてっきり朱麗のことだと思っていたのに、想定外の話題である。

「申し訳ございません、私は皇太后陛下のことを詳しくは存じ上げません」

あまり皇帝とよろしくない関係だということは分かっているが、そもそも話してよいことがあるのかどうかも分からないので話せないし、仮に話せたとしても面倒なので話したくはない。

故に無難な答えを返したのだが、成良は不満げだった。

「蜻蛉省の所属でそれはないだろう」

「私は政務には関わっていない新参者です」

「新人とはいえ、皇帝側の人間であろう」

「逆にお聞きしますが、何かあるのでしょうか？」

本当に何も知らないという体でやり過ごすために言い繕ってみれば、成良は長いため息をついた。

「なんだ、本当に知らないのか？　こちらは皇太后が後宮という妹と同じ空間にいるだけで心がざわつくというのに」

「あまりお好きではないのですね」

「好きではないではなく、敵だ」

はっきりと言い切る言葉に紹藍は驚いた。

以前江遵から成家の没落に関して聞いていたので嫌いだろうとは予想できてはいたが、はっきりと皇城内で皇族に対し敵だと言うとまでは思っていなかった。

だが、成良は全く躊躇わない。

「正直、あの女がなぜ四色夫人に妹を選んだのかが分からない。今でこそ皇太后に対しよい感情を抱いておられない陛下の妃とはいえ、当時は幼かっただろう。皇太后が見繕っているというのであれば断るつもりでいた」

「そうなのですか」

「ところが朱麗は受けると正式な返事をしていた。これではこちらが取り下げるわけにはいかない。事実上皇太后は監禁されているし、周囲が目を光らせているとは思うが何か企んでいるのではと思うと気が気ではない」

そう言いながら、成良は大きくため息をついた。

「こんなことなら、朱麗にも我が家のことを少し話しておけばよかったと思うよ。あまり心配させたくないからと伏せていたのだが、おかげでずっと話しづらくなって……って、初耳のような顔だな」

「成家が皇太后陛下が原因で被害を被ったらしいとはお聞きしていますが、ほんの少ししか存じませんので。部外者が聞いていいものか少し迷っております」

「いいだろう、お前は蜻蛉省なのだから」

「そういうものなのでしょうか」

それほど安全だと思われているのであれば結構ではあるのだが、家庭の事情というものをあまり深く尋ねるのも憚られる。

だが成良はそのような心情など読まない。

「我が一族の没落の原因は、厄災の対応の失敗を皇太后に押し付けられたからだということは知っているな」

（知らないです）

「あの時皇太后が都中の医者、薬をとにかく自分のもとへ集めた。結果、皇太后の付近で死者はほとんど出なかったが庶民は大勢死んだ。しかし民衆に恨まれるのを嫌った皇太后が自分の所業を父上になすりつけ、成家は没落した……なんて、衝撃的な話を幼い朱麗にはできなかった」

「では、どうご説明をされていたのですか」

自分は幼くはないが、一瞬でかなり衝撃的な話をされていると思いながら紹藍はできるだけ平静を装って訪ねた。

「父上はできることをなさった。だが、厄災を止めることはできず、責任を取ることになった、と。しかし決して怠慢ではなく、立派であった、と」

かなり多くのことを隠してはいるが、嘘ではない範囲に入るのだろう。

想像することしかできないが、皇太后の行いにも苦言を呈していたのかもしれない。だからこそのちに責任をなすりつけられた可能性もある。

皇太后を止めることができなかった、というのが厄災を止めることができなかったという意味であるなら、成家としては嘘ではない。

「もし皇太后についてひっそりと朱麗に伝えられることがあれば、耳打ちしてもらえると助かる。今更すぎるのは分かっているが、もう直接伝えることは限りなく困難だ。手紙にしても、宦官の検閲があると思うと、ろくに書けない」

「そのような大事な事柄を、私の言葉で信じていただけるかどうかは分かりませんが……」

「それならば『赤い胡桃（くるみ）の箱』と伝えてくれ。秘密の暗号だ。父上がくれたものだから、朱麗も分かるだろう」

可愛らしい暗号を聞かされ、紹藍は首を傾げた。

「大事な暗号を私に伝えられてよろしいのですか？」

「蜻蛉省なら大丈夫だ」

またそれなのかと思うが、聞いてしまったものは聞かなかったことにはできはしない。

「そういえば、蜻蛉省で女性の官吏は初めてじゃないか？」

「これまでという意味では分かりませんが、現在は私だけのようですね」

「紹藍殿と言ったな。蜻蛉省に目をかけられるほど優秀なら何をやっても大丈夫そうだな……と、紹藍殿だと？」

「はい、紹藍です」

「もしかして玲家の娘ではないか？」

「父は玲家の生まれです」

「そうか！　どこかで名前を聞いたことがあると思ったが、やはりか。玲藍殿のご息女となれば、蜻蛉省というのも納得がいく」

「あの、あなたも父と面識が？」

蜻蛉省に入ることと父親は関係ないのだが、そのあたりの訂正はあまり重要ではないと紹藍は無視することにした。

それよりも父の話だ。

玉蘭の時も意外であったが、父は想像以上に顔が広かったのかと驚かずにはいられない。

「いや、私は直接お会いしたことはない。だからおそらく玲藍殿は私のことを認識はなさっていないだろう。だが、あの方がいてくださったから自分の心が救われたと、何度も父が言っているのを聞いていた。父は玲藍殿から生まれる予定の子の名を教えてもらったと、楽しそうに言っていた」

「それが紹藍という名前だったのですか？」

「男であれば別の名だと聞いていたが……。知りたいか？」

「いえ、特別には」

しかし成家の当主とそれほど親密であったという話は、母からも聞いたことはない。どのような関係だったのかと紹藍は余計に不思議に思ったが、紹藍が玲家の娘であったことに成良は一際(ひときわ)安心したらしい。

「本題に戻すが、現状皇太后に何か新たな問題が発生しているわけでないのであれば大丈夫だろう。まあ、安全だとはいえ城内だ。そちらにも口にしづらいことも確かにあるだろうな」

それ以前に本当に知らないのでどうしようもないのだが、納得してしまった成良からあえて不満を引き摺り出すのも何か違う気がする。

（求められる答えができるならともかく……知らないという以外ないものね）

しかし、父のことでもし気になることができれば少し話が聞けるかもしれないというのが分かったのは収穫だった。現時点では何もないし、だいたいは母に聞けば済むとは思うが、それでも分からないことを知っているかもしれない人がいると思うと少し不思議な気持ちにもなった。

（でも……なかなか面倒な宿題をもらったわね。周囲に気付かれない状況で暗号と忠告をお伝えするなんて）

侍女がたくさんいる中、本当にそんなことができるのだろうか、いつになることやらと紹藍は思いながら成良の絵を描いた。

紹藍が悶々と考えているのとは対照的に、成良はすっきりとした顔をしていた。

成良の絵を描くのは思ったよりも早く終わった。

何枚でも描いてくれと言われたので紹藍は何枚か描くつもりでいたのだが、成良は一枚目が一番格好いいはずだと主張し、そのまま渡すよう希望していたのでそれに従うことになった。

（でも、あれは実は描かれるのは恥ずかしく感じる性格だと見た）

去っていく成良が少し恥ずかしげだったこともあり、豪快そうに見えたものの可愛い面もあるのだろうなと紹藍は思った。

食堂で少し早い昼食をとったあと、紹藍は後宮に向かった。

朱麗との面会まではまだ時間があるが、他に何かをするというには微妙な時間だ。ならば少し散策をしても構わないかと思い、絵になる場所を探すことにした。

今日は天気がよく、空にはほとんど雲も見当たらない。

鳥の鳴き声もよく聞こえる……そう思った時、紹藍は水榭の上に一羽の鳥がとまっているのが目に入った。

(あれは……赤妃様の鳥よね？　目元と尾の先の雰囲気から、間違いないと思うけれど)

派手な鳥ではないので、気にしなければそのまま見逃してしまうようなものだ。そもそも知っていても視力がよいことを前提に、あえて凝視しない限り気付くことはないだろう。紹藍とて本来であれば、よくいる鳥の一羽として気にも留めていなかっただろう。

だが、今まさに気になったのはその鳥の脚に紙のようなものがくくりつけられていることだった。

(ゴミが絡んでいるわけ……ではないわよね)

いたずらというには、丁寧に結ばれている気がする。

そう紹藍が思った時、鳥は飛び立った。一時休憩だったのだろう。

紹藍は少し迷ったが、鳥を追うことにした。

いたずらであれば解いてやらなければいけないと思うし、いたずらでなければそれはそれで問題だ。何がくくりつけられているのか、役人の立場としては放置せず調べなければいけないだろう。

そう思っていたのだが……やがて鳥が入っていった場所で、紹藍は思わず足を止めた。

（って、ここ、また皇太后の宮じゃない）

門番にはかなり体格のよい宦官が配置されている。

（……鳥が入ったから様子を見たいなんて言える雰囲気じゃないわね）

ただ、宦官は先の一件を受けて皇帝から直接指名された者が抜擢されているはずだ。どちらかといえば蜻蛉省とは仲が悪くないはずなので、一応尋ねるだけ尋ねてもよいかもしれない。

そう思った紹藍は門番に近づいた。

「お疲れ様です。一つお尋ねしたいのですが……」

そう紹藍が門番に告げた時、宮の中から怒鳴る声が響いた。

「野蛮な鳥を放り出せ、陛下はお怒りだ！」

その声が響いた直後、壁を越えて喉を切られた鳥が放り出された。

紹藍は血を流す鳥を見るのは初めてではない。

むしろ仕事で捌くこともしていた。

だが、このような意味のない殺生を見たのは初めてだ。

「な……」

にをしているんだ。

そう口にしたいが、言葉が出ない。

ただ、そんな中でも鳥の脚にあった紙がなくなっていることだけには気が付いた。

「……皇太后陛下はただ鳥が出入りするだけで殺生をなさるようなお方でしょうか」

宮の中にまでは聞こえないよう配慮しながら、紹藍は門番に尋ねた。

「気分次第では、あり得る。無論、自ら手を下すわけではなく、命じるとは思うが」

その返事を得て、紹藍は道具一色の中にあった布で鳥を包んだ。

「埋葬するのか」

「私がしても構わないのでしたら。けれど、先に確認を取らねばならないことがございます」

そう返事をしてから、紹藍は朱雀宮に向かった。

そして紹藍は朱雀宮の手前で侍女を呼び止めた。

「赤妃様の飼われている小鳥が、殺害された可能性があります」

紹藍はこれが間違いなく朱麗の鳥であると確信を持っているが、一般的にどこまで見ているかは分からない。本人に確認を取るべきかどうかも、受けるだろう衝撃を考えると紹藍には決められない。

侍女は青ざめながらも鳥の骸を確認したが、はっきりとは分からなかったのだろう。鳥がいるかどうかを含めて確認すると言い、紹藍はその場で待機する。

だが、やがて戻ってきたのは侍女ではなく朱麗本人であった。

「話を聞いたの。そんな、まさか」

「ご確認なさいますか」

「ええ」

息を切らさんばかりの勢いの朱麗に、紹藍はそっと包んでいた布を開いた。

朱麗は手で口を覆った。

「あ、ああ……。どうして……」

「皇太后陛下の宮で、騒動があった様子です」

「そんなことは、あり得ません……！　皇太后陛下は、そんなお方ではございません……！」

震えながら、朱麗は紹藍の言葉を否定した。

「……皇太后陛下と、ご交流がおありなのですか」

「いいえ、ありません。ですが……そのようなことは、あり得ないのです」

なぜ、あり得ないと言い切れるのか。

そう紹藍は問いかけようと考えたが、それは一旦後回しにすることにした。口では否定していても、おそらくなんらかの関わりがあるからこその信頼だろう。それを尋ねて話してもらえるとは思えない。

だからこそ、紹藍は代わりに朱麗の耳元に声を落とした。

「成良様より、朱麗様への伝言をお預かりしております」

「このような、時に……どのようなお話を……」

「皇太后陛下にはお気を付けくださいい、とのことです」

紹藍の言葉を聞いた朱麗は目を見開いた。

「嘘でしょう、お兄様がそのようなことを仰るなんて」

「どうしてそのように思われるのですか」

「誤魔化そうとしないで！　お兄様の名を騙り嘘をつくことを私は許せない……！」

そう逆上する朱麗は、今までの朱麗と全く別人のようであった。

「嘘など申しておりません」

「あなたの目的はなんなの⁉　私の大事な子を……本当はあなたが殺したのではなくて⁉　非

道だわ！」

　取り乱すこと自体は不思議ではない。

　朱麗がそれだけ鳥のことを大事にしていたのだろうことが、痛いほど伝わってくる。

　紹藍も朱麗の小鳥に対する、妹を見るような視線を忘れていない。

　だからこそ、逆に紹藍は冷静になれた。

　そして、不思議に思う。

（兄からの伝言だと言われるよりも自分の考えを信じるだけの証拠があるということも、確実なのだろうけれど……それは、何？）

　そう考えていると、朱麗は頭から簪を抜き紹藍に突き立てようとした。

　だが、令嬢の動きに遅れをとる紹藍ではない。

　下手に暴れられると朱麗自身が怪我をしかねないと判断した紹藍は、朱麗を抑えにかかった。

　本気で暴れようとする相手を抑えるのは紹藍にとってもかなり必死にならざるを得ない。

　侍女を呼ぼうにも、侍女は状況についていくことができないようで、ただただ震えている。

　朱麗の変貌に驚いているのかもしれない。足がすくんでいる。

　行儀が悪いなどとは考えられず、紹藍は思わず舌打ちをした。

「赤妃様！　落ち着いてくださいませ！」

「何を」

「『赤い胡桃の箱』、お兄様からのお言葉です！」

その言葉に朱麗の動きが一瞬止まった。

その隙をつき、紹藍は首の後ろをトンと叩いた。

（相手を気絶させる技っていうことで教わっていたけれど……これ、場所を当てるのが難しいから暴れている相手にはできないのよね）

それに、あとでもし暴行だと言われても同等以上の擦り傷を負っている今であれば、正当防衛の言い訳も立つだろう。

「そこのあなた、一旦赤妃様を寝台に運びます。手伝ってくださいな」

「あ、は、はい」

「それから、私は一旦離れますが……すぐ、戻ってきます」

それが何を示しているのか、侍女はよく分かっているようだった。

突然人が変わったかのように暴れた赤妃をそのまま放置できないことなど、明白だ。

「なんか、やだなぁ」

報告は仕事だ。

だから必要があることは理解している。

それでもどこか告げ口のような気分になってしまうのは、朱麗が親しみを示してくれたこともあったからだろうか。

もっとも、最後は裏切りのように受け取られたようだったが……。

「ほんと、闇が深い場所だわ」

蜻蛉省に戻った紹藍は、ことの次第を江遵に伝えた。

江遵は少し驚いたそぶりを見せたが、すぐに人を手配していた。そして、朱麗が少なくとも朱雀宮から一時的に隔離されるだろうことが紹藍の耳に届く。表向きは病の可能性を指摘し、実際は取り調べといったところだろうかと紹藍は思いながらも、その場をあとにした。

そして道中出会った柳偉に、野草の花が摘めるような場所がないかと尋ねた。

「そうだねぇ。あんまりないけど、果樹園なら小さい花ならあると思うよ」

その言葉に従って紹藍は以前行った廃園とは異なる、しっかりと管理された果樹園に向かい、できるだけ多くの野草の花を摘んだ。

そして自室に戻ったあとは適度な大きさの箱を用意し、その中に花を敷き詰め、最後に鳥を入れた。

飼い主に渡すことはできなかったが、できれば安らかに眠ってほしい。

そう、紹藍は願った。

それから、三日が経過した。

「結論から言うと、赤妃は皇太后から騙されていた」

「お知り合いだったのですね」

「ああ。家族の役に立ちたいと願う赤妃を、皇太后は可愛がる振りをし、父親の死について嘘を吹き込み、自分が復権した暁（あかつき）には生家を取り立てると約束をしていたそうだ」

まさに成良が言えなかったということが裏目に出ていたのかと、紹藍は思ってしまった。

「成家没落の原因はもう知っているか？」

「敵ということはお聞きしましたが」

「なかなか過激な言葉だが、事実上、その通りだな。そして、この件に関しては、お前も怒ってもいい事柄だ」

「え？」

「皇太后は赤妃に『玲家が偽善行為を行った。そのため成家が民意を無視したと言われ、不名誉を被った』とも言っていたそうだ」

知らないところで今度は父親が悪者になっている事実に紹藍は驚いた。

「もっとも、全ては皇太后の責任だ。皇帝陛下が病に罹り、亡くなれば自らの地位が危うくなるために医師も薬も、全てを自分の手元に集めようとした、悪女の責任だ」

そう口にする江遵は忌々しげだった。

「……悪いな。玲藍殿がお前の親父殿だったということは最近知った。お前の父親はこの場所に殺されたも同然だ」

「まあ……その是非はさておき、少なくとも江遵様が頭を下げられることではないですよ。当時、江遵様だって幼子でしょう。何ができたと仰るのですか」

しかも名門士族の長であっても、責任をなすりつけられるような状況だ。

普通の人間がどうこうできる状況ではなかったことは想像がつく。

「そして父が亡くなったのは皇太后に原因があるかもしれませんが、仮に皇太后が何もしなかったからといって父が病に罹らなかった保証もありません」

「だが……」

「何を気にされているのか分かりませんが、そんな状況下でも父は困難に挑んでいたというのであれば、それは信念だったのでしょう。そもそも父も、江遵様にどうこうしてほしかったなど考えていないと思いますよ。当時はお役人でもなかったでしょう？」

そう言うと、江遵は小さく息をついた。

「そうだと……いいんだがな」

「私は父のことをあまり知りませんが、他人が助けてくれなかったと怒るような人だったら家を没落させてまで他人に尽くしたりしてないと思いますよ」

「……そうか」

「想像ですけどね。本心なんて知りようがありませんし」

そんなことよりも、今は皇太后が朱麗を騙したことの方が腹立たしいと紹藍は感じていた。

「あ」

「どうした」

「私、うっかり皇太后に敬称をつけずに呼んじゃいましたけど……まあ、人前じゃないからいいですよね」

「誰も気にしないな。私もつけていないしな」

ようやく江遵から肩の力が抜けたようで、紹藍は安心した。

「ところで、赤妃様は今どちらに？」

「睡蓮院だ」

睡蓮院は療養所の一つだが、周囲に警備を敷きやすい……逆に言えば、見張りやすい場所だ。

「私がお会いすることは可能でしょうか？」

「会って何をするんだ」

「何って、お話以外にないでしょう。療養所で絵は描けませんよ」

そう返せば、江遵は肩をすくめた。

どうやら、許可は出たらしい。

こんなはずではなかった。

朱麗はそう思っていた。

自分の愛鳥は、父が大事にしていた鳥の子孫だ。

鳩のように手紙のやり取りをするのが得意で、かつ、あまり周囲に目立たないことから皇太后とのやり取りに最適だった。

だが、その聡明さを抜いても朱麗は愛鳥のことが大好きだった。

後宮では唯一自分の不安を吐露できる、妹のような存在でもあった。

皇太后からも可愛い鳥だと言われており、まさかその皇太后によって殺害されるなど夢にも思っていなかった。

自分が皇太后を怒らせるような何かをした記憶はない。

最後の手紙も、後宮の状況を常に把握したいと願っている皇太后の求めに応じ、紹藍の人柄について評したものを送っただけだった。

(それが裏切りだと判断され、あの子が殺されたなんて)

紹藍が玲家の娘だったということを朱麗は知らなかった。

知ったのは面会を許可された兄が紹藍に会った話をした時だ。その話の前に皇太后が嘘をついていたことをあらためて知らされたこともあり、おそらく別の筋から玲家出身の紹藍の話を掴んだ皇太后は自分の紹藍に対する評価を見て、挑発だと受け取ったのだろうとも思った。

(情けない話だわ)

そもそも朱麗は玲家のことを誤解していた。

父はやれるだけのことをやったと聞き、信じていた。だが、皇太后に言われたのは職務放棄し一部の民衆を救った玲藍が民衆の支持を集めたため、逆恨みに遭う羽目になったと言われていた。そして、父は気を病んだと。

だが、兄の話は正反対であった。

皇太后の言いなりにせねば一族が危うい、しかしそれをすると民衆を苦しめる。葛藤の中、玲藍が民衆の中で救援活動を行ったことで罪悪感はあるが、助けてもらってありがたいと心から思ったと何度も言っていた、と。

そして、二人は親友だった、とも。

どうしてこうなったのだろう、と思う。

兄たちが期待したのは反皇太后派として皇帝と協力することだった。それなのに、自分がやったことといえば真逆のことで、しかも騒ぎを起こしている。

ただ、父の忘れ形見だとも考えていた愛鳥が殺されて正気ではいられなかった。

現時点では追放処分などは聞かされていないが、兄たちには多大な迷惑をかけることになった。

そう思い塞ぎ込んでいると、不測の来客が訪れた。

「ご機嫌……はよろしくないと思いますが、お加減はいかがでしょうか」

「紹藍様」

「お疲れのご様子ですね」

最後に自分が罵倒したはずの相手が普通に現れたことに、朱麗は少し緊張した。

「これ、差し入れです。美味しい果物をくださいと厨房で頼んだら、これをいただきましたのでたぶん美味しいです」

「あ、ありがとう……？」

「やはり休養に甘いものは必要ですからね。剥きましょうか？」

「お願いします」

紹藍は慣れた手つきで小刀で果物の皮を剥いていった。

「ところで、休養というのはなんの話かしら……？」

「愛鳥が何者かに襲われ、倒れられたではありませんか。無理もないでしょう」

どうやら、そういう話でまとまったのだということを朱麗は初めて知った。

「しばらくすれば後宮の妃たちからお見舞いの品も届くことでしょう」

「そうなのね」

同情的に見られれば、奇行があったことは隠せるだろう。

ただ、あの場で実際の様子を見た侍女たちが何を思うか、朱麗は考えたくないと思ってしまった。

「……ねえ、紹藍様。あなたが嘆願してくれたの？」

「そのような難しい話は私には分かりませんよ。ただ、私は三人のお兄さんの絵を持ってきただけです。……と言っても、既に成良様は面会なさったあとということなので、あまり感慨深くはないと思うのですが」

そう言いながら紹藍は絵を机に広げた。

その絵を見て朱麗は絶句した。

三人の兄たちはそれぞれ特徴がよく捉えられ、ずっと朱麗が見たかった姿がそこにある。

「あんな、ことがあったのに……あなたは、どうして私に親切なままなの？」

「世の中、勘違いもあるでしょう。だいたい皇太后のせい、に行きつく話になりますし」

「でも」

「……そうですね。私は父に会ったことがありませんが、赤妃様はお父様との大切な思い出があるからこそ、このような勘違いが起こったのかな、と思うと……仕方がないことかなと」

それを仕方がないで済ませていいのか、と朱麗は思った。

だが、本音であっても優しさであっても、紹藍はそれ以上言わない気がした。

「……ねえ、紹藍様は皇帝陛下にお会いされたことがあるかしら」

「いいえ、ありません」

「そう。私ね、もし紹藍様が嘆願してくださっていたとしても、なぜ温情をいただいたのかが分からないの」

追放ではなく療養で済ませてよい事柄ではないと朱麗は思う。

「冷たい言い方になるお話でも構いませんか？　しかも想像でしかありません」

「ええ」

「もし赤妃様を追い出して他の妃を選ぶとしましょう。そうなると、その人は唯一皇帝陛下が選んだ人となり、風当たりが強くなるでしょう。妃の席次を順当に上げるという手段もないわけではないと思いますが、皇帝に利点がありません」

「でも、私が残ったところで利点もないでしょう」

「皇帝を支える成家を遠ざけることは得策にはならないでしょう。それに今回のことで皇太后を問い詰める証拠は残っていませんが、少なくとも皇太后の動きが分かりましたし、損得では悪くないと判断されたのかもしれません。知りませんけどね」

紹藍は気を遣っているわけではなさそうだった。そして本当に想像だからだろう、話しながらもしっくりくるかどうか考えているように見えた。

「……皇太后陛下は、父の功績を教えてくださることが多かったの」

だからこそ、罪をなすりつけられているとは思わなかった。それに、父の功績を聞くと誇らしい気持ちでいっぱいになれた。

「けれど、それも……。皇后に私がなることで、うまく取り入り権力を取り戻す足がかりになさるおつもりだったのですね」

皇帝が今は誰とも交流がなくとも、いつかは世継ぎが必要となる。その時に、どうせ誰でも構わないという前提ならば皇帝を支持している成家は有利だと判断されたのかもしれない。

なにせ、皇太后が潰した家で皇帝と同じく皇太后に憎悪を抱いているのだから。

落ち込む赤妃に、紹藍は苦笑した。

「不幸中の幸いと言っていいのかは分かりませんが、赤妃様の報告には実害らしきものがなかったことですね」

朱麗による申告ではあるが、皇太后に伝えられた内容の多くは桂樹の件など、一般的に後宮で知られている事柄程度である。

たまに紹藍の存在を伝えた時のように人柄について話すことはあっても、実害と呼べるほどのものはない。むしろ、おそらくその程度であれば他からも情報を得ているはずだと考えられているようだ。

「大した情報を得られずとも交流されていた主な目的は情報収集ではなく、赤妃様を懐柔することだったのでしょうね。皇太后は他の四色夫人が脱落するよう画策していたかもしれませんが、あなたがそれに関与したという形でもないでしょう」

紹藍の言葉に朱麗も少し笑った。

「私としては一生懸命、皇太后陛下が気にかけている後宮の実態についてお知らせしていたつもりですが……実利に結びつかなかったのであれば幸いです」

「赤妃様は人が良すぎたのですよ。悪い噂や不確定なことは人には伝えない、そういった人でしょう？」

「買い被りすぎですよ」

もうこの話はこれで一旦終えようと言わんばかりの紹藍に、朱麗も同意することにした。

「そういえば、赤妃様の小鳥さんですが、成良様にお預けいたしました。自宅の庭に埋葬してくださるそうです」

「そう。ありがとう。最後に、もう少しお別れの言葉を伝えてあげるべきだったわね」

取り乱していたとはいえ、可愛がっていた鳥との別れがああいう形であったことが悔やまれるのは、紹藍にも分からなくはない。

だが、もうどうしようもないことだ。

「大丈夫ですよ。きっと実態はなくなっても空を飛んでいますから、いつでもお話しできますから」

幽霊は今も信じていない。

霊体というものも信じているわけではない。

けれど、そうであればいいなという願いを込めて告げた言葉に、朱麗は今度こそ綺麗に笑った。

「でも、大変ですね。この場所は潰しても潰しても問題ばかりが出てきてしまう。偉い生まれって大変ですね」

「その言い方では紹藍様は大変ではないように聞こえますが、あなたも大変な人生を歩まれているでしょう」

「私は自分の生き方しか知らないので、大変だって思わないですが」

「ふふ、それは私も同じですね。これは、隣の田の方が実りが多く見えるという話と同じでしょうか」

そんなふうに言われ、紹藍も笑って同意しようとしたが、よくよく考えると相手の方が苦労をしてそうに見えているのだから、それではおかしいような気がする。

「……強いて言うのであれば、その逆では？」

思わず本音を告げれば、朱麗はおかしそうに笑った。

「でも、私、思うのです。……たぶんどんな環境の違いであっても、私に足りないのは、逞しさであったのではないかと。そう思うと、紹藍様のことを見習わせていただきたい気持ちでいっぱいです」

これはおそらく褒められているのだろうと紹藍は思う。

世間的に逞しいという言葉が褒め言葉かと言われれば微妙な気はするのだが、その言葉に裏がないことは朱麗の表情が示していた。

自分を逞しいと思ったことはない。

ただ、それが素晴らしいと褒めてもらえることであるのなら、もっと粘り強く根性を見せて生きていこうとも思ってしまった。

朱麗の絵を江遵に渡してから五日。

一旦休暇ということで母親に会いに行き案の定クビになったのかと心配されたり、働いていた食堂に食べに行ったり、文具を見に行ったりで紹藍が気分転換をして帰ってきたその日、江遵から呼び出しを受けた。

「昨夜、皇帝陛下に絵をお渡しした」

「今更ですけれど……こんなことで本当にうまくいくのですか？」

できる限りのことは頑張った。

けれど、長年会うことすらなかったという皇帝の心を動かすだけの原動力になり得るかどうかは、やはり確信を持つことができない。紹藍は不安だった。

だが、江遵の表情は柔らかい。

「大丈夫だろう。なんだかんだで時々進捗も尋ねられるくらいには、興味を持たれていた」

「……それはいろいろ事件っぽいことがあったからでは」

「それもあるかもしれないが、それがかえって余計に人間性を知らせるきっかけにもなっただろう。夜の渡りとまでは行かなくとも、昼に茶を飲むくらいのことはなさるかもしれない」

「そんなものですか」

「ああ。それに、最初はそれでいい」

その表情があまりに安堵を含ませているようであったので、紹藍もなんだか安心してしまった。

「しかし、赤妃の進退に関しては驚いた。お前が庇わなければ、降格は十分ありえただろう」

「庇うも何も、いろいろな行き違いの結果で私は事実を話しただけでしょう。実害は擦り傷程度でしたし、こんなの兄弟喧嘩をしていたら日常茶飯事ですし」

「令嬢が怪我を伴う喧嘩を日常的にしているとは聞いたことがないし、お前一人っ子だろう」

呆れられた返答に、紹藍は肩をすくめる。

「でも、可哀そうですね、皇帝陛下も」

「ここで陛下が出てくるのか？」

「だって、夫婦間の面倒ごとなんて一対一の夫婦でもたいがい生じるのに、奥方がこれだけたくさんいらっしゃれば、そりゃ何十倍にも膨れ上がるでしょう」

だから可哀そうだ。

そう主張する紹藍に、江遵は目を瞬かせていた。

「そんな理由で陛下が可哀そうだという発言は初めて耳にするな」

「でも、同意できませんか？」

「私も絶対嫌だがな」

「ほら」

言わんこっちゃないと紹藍が言うと、江遵もまた肩をすくめた。

「そもそも皇帝陛下を見ていると、それ以外の苦労も多いから絶対嫌だな」

「本音、私よりひどいじゃないですか」

「事実だろう。だいぶ苦労をされている」

「でも、そんな陛下がお好きだからこそ、江遵様もいろいろ画策されたんですよね」

「……どういうことだ？」

少しだけ声色が変わった気がしたが、紹藍は気にしないことにした。

「わざわざお偉いさんが下町まで出てきて変わった絵描きを探すなんてこと、普通はしないでしょう。陛下のために何かできることはってなさったんじゃないですか。ああ、あと女装も」

「それは……」

「まあ、正直私よりもうちょっといい案はないのかなって、いまだに思っていたりはしますけどね。けれどそれは不便な中でも幸せを見つけてほしい、妃の様子を知り、仲間になり得る人がいるかもしれないと知ってほしいと思われたから……だったんじゃないかって今は思っています」

そんな紹藍の言葉に江遵は軽く首を振った。

「ただただ親切心でやっているわけではないよ」

「まあ、お仕事でもあるでしょうけど」

卑屈な返事だなと紹藍は思いつつも、江遵の表情が少しすっきりしていたので紹藍の感想自体は不服ではないのだろうと感じた。

「よし、明日にでも甘味を食いに行くか」

「え、私の休暇は今日までなんですが」

「仕事が終わったあとでも店はやっている。夜限定の甘味もあるし、奢るぞ」

「え、じゃあ行きます！」

江遵は想像以上に気分がいいのだろうと紹藍は思う。

そしてこの誘いに乗らないわけがない。

「やはり裏表がない奴は心地がいいな」

「褒め言葉として受け取っておきますよ」

「ああ。これからもよろしく頼むな」

次の仕事がどのようなものなのか、まだ分からない。

後宮で中級妃たちの絵を描くのかもしれないが、それも皇帝が四色夫人との交流を深めたあとになる可能性もある。そうなると、次の仕事はやったことがないことになるかもしれないが、今は考えても仕方がない。

ひとまずは実益が一番だと思い、どのような甘味が待っているのかと考えながら江遵の言葉は笑って聞き流した。

蜻蛉省でも灯りがついているのは、江遵の部屋のみというほどの真夜中。

しかし部屋の中は一人ではなかった。

そこにいたのは官吏の服装をした、皇帝だった。

「ご報告は以上です。これで兄上の懸念はいくらか払拭されましたでしょうか」

「……内容に疑問はないが、執務室で酒を注ぎながら尋ねる言葉ではないだろう」

「誰も見ていないなら問題ないでしょう」

そう言いながら、江遵は先んじて酒をあおった。

比較的強い酒は皇帝の好物で、喉がやや焼けるほどに痛いが心地もよかった。

「皇太后の息がかかっていたのは、やはり成朱麗。しかし結果は玲家を呼び戻したと皇太后に誤解させることに成功し、赤妃も騙されていただけだと把握できたので特に問題は消えたと言って差し支えないかと。実害も出ませんでしたし」

「ああ」

「何か気がかりな様子ですね」

「どこから仕組んでいた？　黄純（オウジュン）」

部下の江遵とは異なる、本来の名を呼ぶ皇帝の視線は鋭かった。

だが、江遵は大して気に留める素振りもない。

「なんのことでしょう」

「皇太后もそこまで間抜けじゃない。それでも尻尾を簡単に掴ませたのは、お前が影で動いたからだろう？」

「仰る意味がよく分かりません」

「あのな、私の目も節穴じゃない。玉蘭が姉に代わり後宮入りしたのも、お前の手引きがあっただろう。梅花の性格について皇太后に誤って伝わるように仕向けて後宮入りさせたのも、芙蓉の情報網に引っかかるように宦官の存在を知らせたのではないか」

そして一区切りを置いてから、言葉を紡いだ。

「挙句、玲家の娘を連れてくるとは。皇太后に対する挑発だけではないだろう。あの一族の記憶力や五感のよさを活用しようと考えたのか？」

最後の言葉を聞いた江遵は、少し笑いながら長い息をついた。

「まあ、多少は情報を操作しましたが、諸々が短期間で解決したことはほぼ偶然ですよ。特に紹藍が玲家の娘であったことは、本当に知りませんでした」

そもそも玲藍が死んだ折に、紹藍はまだ生まれていなかった。

庶民となった夫人の追跡など行っていないのだから、知る由もない。

「それに、知っていれば逆に呼べませんでしたよ。厄災の折に皇太后が医師を集めた恩恵を受けたのは、兄上だけではなく私もですからね。その陰で正義を貫き死んでいった者の娘を駒として集められるほど、私の神経は図太くありません」

そんなことはないだろう、とは言われなかった。

事実であるのは皇帝自身もよく知っている。

「ただ、彼女は既に私の部下です。蜻蛉省の一員として頑張ってもらいたいと思っています」

「そうか。それで、いつか言うのか？」

「私が皇弟だということを、ですか？　言ったところでなんの利点にもならないでしょう」

一度、近いことを言いそうになったことはある。だが、紹藍が謝罪される意味が分からないと言い、途中で話は止まってしまった。

しかしあとから思えば言わない方が正解だったと思うので、あらためて言う気はないし、止められたことに感謝している。

「時間が経てば余計に言いにくくなることはあるぞ」

「必要に迫られることもないでしょうから、問題ありません」

「そうか？　お前が近くに女性を置くなどなかっただろう。妻にする気はないのか？」

思わぬ言葉に、江遵は思わず動きを止めた。

「……えらく突飛な冗談ですね」

「そうでもない。事実だろう」

「まぁ、そうとも言えますが、彼女は部下ですよ。近くに置くのは自然でしょう」

あまり深く女性と関わりを持たなかったというのは、別に避けたわけではない。仕事をしていたら、そういう機会がなかっただけだ。たとえ私的な時間であっても偽名を使用している状態で出会いを求める必要性を感じなかったし、皇帝に世継ぎがいない状態で皇弟として妻を娶(めと)

るのも面倒が生まれかねないとも思っていた。

だからあえて女性という意味で誰かの近くにいたいと思ったことはない。

紹藍とは出かけることもあったが、仕事の延長で、特別な意味があるわけではない。

「まぁ、お前がそう思うならそうなのかもしれんがな」

「意味深ですね」

「そのうち結果は出るだろう。私の誤解か、お前の誤解か」

皇帝の言葉に江遵は苦笑した。

自分のことを誤解など、誰がするのだろうか？　そう思うと、これが賭けなら皇帝にずいぶん分が悪いものだと思ってしまう。

「覚えておけ、黄純。お前はなかなか鈍感だ」

「左様ですか。気を付けます」

好き放題言われているが、こういうふうに揶揄われる日があっても平和でよいと江遵は軽く聞き流した。

そしてその忠告の意味を思い出す日が来るとは、まだ思ってもいなかった。

外伝　皇弟偽装回顧録

「あなたは皇太子殿下を支えるために生まれたのですよ」

物心がつく前から、その言葉は母親によって繰り返し紡がれていた。そのため黄純はそれが世の常識なのだろうと思い、異母兄弟が持つ『皇太子』という称号への嫉妬や憧れといった感情を抱くことは一切なかった。

しかし支えると言っても、具体的な説明が語られることはなかった。

ただ支えるよう優しく語っているにもかかわらず、どこか寂しそうで、なおかつ怯えているような、そのうえで自身に対する慈しみや憐れみのような表情を見せるので、母が真に求める支えとはなんなのかと常々不思議には思っていた。

それでも真に期待される内容はなんなのかと尋ねなかったのは、答えてもらえないという確信があったからだ。原因自体は想像がつかないものの、教えられない理由は自身が幼いからというだけではなく、何か別の理由が感じられた。

黄純が人の表情を読むのに長けたのは、この母の本心を探りたいと常日頃から細心の注意を払うようにしていたからだろう。


その皇太子の母である皇后は、黄純の母の従姉である。

そのこともあってか、皇后はよく黄純の母の宮を訪問していた。

本来なら呼びつければよいものをと黄純は思っていたが、皇后が「どこに行くのもやれ護衛だなんだで、面倒なことこの上ない。しかしここなら妾を害そうとする者もおらんだろう」と言っていたので、息抜きなのだろうと思うことにした。

ただ、母は最上のもてなしをするものの、気安い雰囲気で話す皇后とは対照的に常に緊張感を漂わせていた。

そしてそれは皇后にも伝わっている。

「毎度楽にして構わんと言っておるというのに。そなたが私の邪魔をすることはないだろう？」

「もちろんでございます。ですが、偉大な陛下を前に寛ぐ方法が思い浮かばず……誠に申し訳ございません」

「そうか。なら慣れるまで訪問の頻度を上げようかの」

母の萎縮する様子を楽しむ皇后を黄純は好きになれなかった。ただ、個人的な好き嫌いで対応してもよい相手ではない。

来訪時は茶席に同席するよう求められているものの、皇后が黄純に話しかけることはほとんどない。ただ観察されていることは理解しており、その目はあまり好きではなかった。

しかし話さないこと自体は何も思っていなかった。

なにせ従姉妹同士であっても固さが取れないような関係であるようなので、従伯母(いとこおば)と従甥(いとこおい)ならばそのようなものかと思うところもあったため、黄純はあまり気にしていなかった。


そのような日々を送っている間に、黄純は五歳になった。

そして間もなく父である皇帝が崩御した。

もともとあまり身体が強い方ではなかったそうだが、咳(せき)の症状が出始めてから重症化するまでは一瞬だったという。

皇帝の最期の姿を黄純は見ていない。

皇族が病人との接触を禁じられるのは移らないようにという衛生上の理由ではなく、穢(けが)れが移らないようにという迷信的な部分が大きくはあるが、しきたりを破るほど黄純は皇帝と親密ではなかった。

血統上の父であっても、やはり皇帝という存在はどこか遠いところの話のように感じてしまうのだ。

だから悲しむよりも、自分の今後の住まいのことの方がよほど気になっていた。

新たに皇帝が即位するとなれば、後宮も一新される。

今後は母は実家に戻るのか、それとも出家するのか。そうなれば自分はどうなるのか。皇位継承順位の関係から自分は都に留まるのだろうとは予想できたが、幼い身では不安もあった。

しかし聞きたいことがあっても喪に服す周囲に聞ける雰囲気ではなかった。

そんな中、予想外のことではあるが皇太后となった元皇后から黄純親子への呼び出しがあった。

緊張して向かった先で、皇太后は優雅な笑みを浮かべていた。

「今後のことだが、そなたら親子は離宮に住めるよう手配をしておいた。黄純、そなたには勉学に励める環境を用意しよう。そなたは現在、事実上の東宮であるのだからな」

表面上は提案に近いが、命令だった。

とはいえ、黄純にとって困る命令ではない。

同い年の異母兄が亡くなることは考えていないが、いずれ彼に仕えるならば近い場所でその母に提示されるものを学ぶことは将来役立つだろう。

ただしその言葉が皇太后から告げられることには、違和感を覚えた。

（本来ならば、いくら幼かろうと皇帝から告げられるものではないのだろうか）

住まいについての判断も皇太后ではなく皇帝の権限であるはずで、仮に伝言であるならその旨が伝えられるべきである。

しかし皇太后の言い方は、あくまで自分の判断であると言っているようなものだった。

(妙だ)

しかしそれを尋ねなかったのは、身分差だけの問題ではない。

一番の理由は、母が静かにその命を受け入れていたからだ。

自分でも気付けたのだから母が気付かないはずがない。それでも母が何も言わないのであれば、言ってはいけない場面なのだろうと空気を読んだ。

そうして丁寧に命を受けた母子に皇太后は満足そうな笑みを浮かべた。

「不便はさせぬ。安心せよ」

心強い言葉であるはずなのに安心できない。

これまで近づくことはなかったものの、これからも距離を置くべき相手なのかもしれないと黄純は思った。

しかしそのような懸念を抱いても、それからしばらくは平穏な日々が続いた。

何かが大きく変わることはない。

あまりに何もなさすぎて皇太后が越権行為に至っているのではないかと思ったのは単に気のせいかもしれないと黄純は思い始めたが、確信は持てなかった。

それは離宮に移動したことにより行き交う人々に会うことも減り、圧倒的に自らが得られる情報が少なくなったからだ。以前なら女官の立ち話が聞けるだけでも得られる情報は多かったが、今はそれもほとんどない。だから自分の知らないところで何かが起こっている可能性はある。


だから秋の初めに熱病に冒されても、黄純は初め大事だとは思っていなかった。

それが誤った認識だと理解したのは、やってきた医官の態度であった。

「重症化する方が多くいらっしゃいますが、殿下の場合は非常に軽い状態でございます。ただ悪化する可能性もございますので、くれぐれも安静にお過ごしください。薬も豊富に取り揃えています故」

「ただの熱ではないのか?」

「ええ。今、都でも流行っている熱病でございます。発疹、発熱、咳。ですが殿下の症状でしたら薬で十分よくなる見込みがございます」

それは本来なら朗報であるはずだが、告げる医官の顔色は言葉に反して明るくないことが黄純には気にかかった。病状に嘘をついているようにも見えないが、翳りのある表情だ。

本来皇族の病など早く治さねばいけないという圧がどうしてもかかるはずである。ならば症状は軽ければ軽いほど安堵されてもおかしくない。それにもかかわらず暗い理由はどうしてなのだろうか。

そう考えた黄純は短く尋ねた。

「もしや陛下も熱病に冒されていらっしゃるのか」

医官は黄純の言葉に肩を振るわせた。

(やはりか)

自分より優先される人物は、少なくともこの国内では数少ない。

そしておそらく、皇帝の病状は自分より悪いのではないかと推察した。そうであれば自分の病状が多少よくとも安心などしていられないだろう。むしろ、兄と弟で症状が逆であればと思われていても不思議ではない。

(陛下も早くよくなられればよいが)

ただ、医術の心得のない自分にできることは、まず自分の病が癒せるよう静養することだろう。そう思い、黄純は自身が回復するまでできるだけ人との接触を避け、滋養ある食事と十分な休息をとり、体調を戻した。

熱が高い間は少々苦しかったものの自分の体調が順調に戻ったので、最初黄純は都の状況がいかに深刻であるか理解していなかった。なんなら自分より病状が悪いと考えていた皇帝ですら、しばらくすれば治るだろうと思っていた。毎年発熱を伴う風邪は流行る。今年はそれが少し強いのだろうという程度の認識しかなかった。

だから回復した自分のところにやってきた皇太后が言った言葉が、初め信じられなかった。

「陛下の具合が思わしくない」

「どういうことでございますか」

「相変わらず熱は下がらず息が荒い。宮中の医官だけでは知識が足りぬと都中の医者に加えありとあらゆる薬を集めたが、なんの役にも立っておらん気さえする。食事もとれていない故、やせ細り痛ましい限りだ。もっとも、治療が効いているかもしれぬから医者も薬も離せはせんがな」

「それは……早く快癒していただくことをお祈りするしかないのを、心苦しく思います」

なんとか言葉を紡ぎながらも動揺を隠せなかった。

（薬が効かない？　最上級の薬をご使用なさっているはずであるのに……？）

皇帝が命を落としかねない状況など想定したこともない。

「其方はよい子だな。あの娘が育てただけはあるということか。上の者を蹴落とす絶好の機会だというのに」

「ご冗談を」

「ああ、すまぬ。いかんせん、そう考える輩が多いところにおるものでな」

我が子を心配するでもなく、冗談にしては笑えないことを口にする皇太后の考えが黄純には分からなかった。加えて皇帝の死は自分の立場を危うくする状況であるというのに、その素振りは全くない。

「まあ、いろいろあるが心配はいらぬ。皇帝は絶対に死なぬ」

「ええ、もちろんでございます」

「其方、勘違いをしておるだろうがな」

「どういうことでございますか」

「皇帝は死なぬ。アレが死ぬようであれば、其方が皇帝に成り代わればよいというだけの話であるということだ」

「恐れながら、ご冗談であっても不謹慎かと存じます」

万が一のことがあれば次の皇帝になることは避けられないだろう。

だが帝位に就くことなど考えたことはない。いわば予備という意識しかなかった。

だから、その冗談は許容できなかった。

しかし皇太后は黄純のその様子を見て、くつくつと笑った。

「其方はやはり勘違いをしておる。其方が皇帝になるのではない。皇帝が死ぬのではなく、其方が死んだことにすればよいと言っているのだ。其方は以前から皇帝であったように振る舞えば、それでよい」

「そんな無茶な話は……」

「無茶ではない。其方は我が子。陛下の双子の弟で瓜(うり)二つであるのだから」

「……え？」

またも冗談を言われたなどと言えなかったのは、皇太后の瞳が本気であることが伝わったからだった。

「其方はこの国で、尊い家柄に生まれた双子が不吉な存在として扱われているのは知っておるか？　士族でそれであれば、皇族となれば当然強い非難を受けることになっただろう。全くもって馬鹿馬鹿しい。だが、迷信を信じる輩がいる限り対策は打たねばならぬ。腹の出からある程度おおよそ予想ができたため、後宮入りしていた我が従妹に其方を預けることにした。先帝には男子がいなかっただろう。だから男児が生まれる可能性がある限り反対はされなかった」

「母は……」

「お前の母親は私だ」

それは呼吸を忘れるほどの衝撃だった。

本当であっても、すぐに受け入れられるような内容ではない。

「すぐに信じられることではないかもしれんな。だが、お前は兄である陛下に目通りしたことがないだろう？　それは異母兄弟というにはあまりに似ているため、疑念を持たれないようにするためだった」

「母はそのようなこと」

「言うわけがなかろう。だからお前を預けたのだ。まあ、難しく考えなくてもよい。私のもとに戻るだけだ。私が母であるのだからな」

きっと皇太后は『仰せのままに』などといった肯定の言葉を期待している。

しかし黄純が返答できずとも機嫌を損ねることはなかった。

「衝撃が大きかったようだな。まあ、聡いとはいえ其方も幼い。状況の理解に時間もかかることだろう。だが、安心せよ。本当にそうなったところで、私がなんとでもしてやれる」

思いやるような声色がかえって恐ろしいと黄純は感じた。

「お前は何もせずとも皇帝の後継にはなれよう。だが後ろ盾としては力が足りぬ仮初の母では後見人になりきれぬ。下手をすれば革命を狙われ、王朝が終焉を迎えよう。その点、私の子に戻ればお前も母も安泰よ」

全くもって勝手な話であると黄純は感じた。

王朝だのなんだのと幼児相手にそれらしく思わせようと話しているのだろうが、結局皇太后が望んでいるのは、皇帝の代わりとなる新たな操り人形だ。

（この人は陛下の回復を望んでいるわけではない。自分の権力が保持できるならば、なんでも構わないと思っている）

そして自分の権力が皇帝の母であることに由来することも正確に理解しているからこそ、幼い黄純に向かって母を人質にすることなどなんでもないのだろう。

現在の政がどのような状況であるのか、考えるだけで頭が痛い。

また来ると言い去っていく皇太后を見ながら、黄純は初めてこの世で受け入れられない人物に出会ったと感じていた。

そして同時に今まで通りではいけないと強く思った。

しかしなんらかの行動を起こす前に、まずは状況を正確に知ることが必要不可欠だ。

だが、残念ながら自分が使える伝手などほとんどない。

ただ、全くないわけではない。

まず一人目は『母』だ。

黄純は自らの母親と二人きりの時、皇太后に言われたことをできるだけ正確に伝えた。

母の回答は短かった。

「そうですか。皇太后陛下が仰ったのですね」

母の言葉は確認するだけのもので、否定も肯定もしていない。

しかしそれが事実だと認めていることは明白だった。

「陛下が仰ったのであれば間違いありません」

「絶対ですか」

「ええ。絶対に間違いを犯されることはありません。陛下の仰ることに従いなさい」

母は迷わず答えている。

だが、普段の母ならば過ちを犯さない人間がいるなどという言動は絶対にしないはずだ。

それに言葉とは対照的に、皇太后に絶対的な忠誠を誓っているようには見えない強い表情を浮かべている。

「黄純。こちらへおいでなさい。あなたはまだあまり文字がうまくないでしょう。ちょうど写経をしていますから、見学なさい」

「はい」

話の転換としては不自然極まりないものであったが、反論する気にならなかったのはその表情があったからだろう。

そして母の手元を見ると、文字が美しく綴られている。

だが、黄純が見ていることを確認するなり、強い文字に変わった。

『期が熟すのを待て』

『壁に耳があると心得よ』

そう書く傍ら、母は「あなたの文字が綺麗に見えないのは、このような線が右に真っすぐ上がっていないからですよ」とあたかも文字を説明しているかのような話しぶりを続ける。

『腐敗した政を正すに、あなたはあまりに幼い』

『故に堪えよ』

「分かりましたか?」

「……はい」

「よろしい。精進なさい。私もまだまだですね。全体を通せば、これは人に見せるのは恥ずかしい出来です」

そう言いながら母は火に紙を近づけた。そして紙が燃え始めると慌てることなく火鉢へ移す。

(母上も従いたいと思っているわけではない。だが、どうにかできるような状況でもないのだろう)

そう思うと、母はやはり良心を持っていると理解でき、安心した。

皇太后は自分が母親だと名乗っていたが、たとえ産みの親であっても黄純にとっての母親ではない。しかも迷信をくだらないと言いながらも捨てられたのだから、やはり母親だとは思えなかった。

自分の権力を守るためであれば子供を手放すことを厭わないし、入れ替えを命じることにも罪悪感を抱かない。これだけのことを躊躇いなく行うのであれば、母が言う腐敗した政治というものも相当なものになっていることだろう。ならば民に影響が出ていても不思議ではない。

（ならば、今すぐとはいかなくともなんとかせねばならないだろう）

皇族の責務という意識があったわけではない。

ただ、本能が放置できないと訴えている。

母に指摘された通り、今の黄純は幼いうえに活動範囲がかなり制限されている。人望も人脈もない中で圧倒的優位にいる皇太后に反抗するのは困難だ。

ただ、それも絶対不可能とまでは言えないと思った。

それは異母兄……だと思っていた同腹の兄、つまりは皇帝が仮に皇太后に反感を抱いているのであれば一番の戦友になるかもしれないと思ったからだ。もちろん彼の意向次第でもあるし、反感を抱いていても同族嫌悪という可能性もある。たとえその意向が同じであったとしても、幼いという点では自分と同じだ。

ただ、前進しないわけではない。

そのため黄純は皇帝の回復を祈願し信じる傍ら、なんとか接触する方法を考えた。


そして思いついた作戦は、まず皇太后がやってくる日に身なりを今までと異なる、かなり地味な装いにし、顔には不健康に見えるよう化粧をすることだった。

案の定、皇太后は眉を顰(ひそ)めた。

「皇族らしからぬ装いではないか」

「仰る通りでございます。しかしながら、今の私は病床の身なのでしょう。普段通りの格好をしている方がおかしいかと存じます」

黄純の言葉に皇太后は一瞬目を見開いた。

そして愉快でたまらないといった表情を浮かべた。

「なるほど。覚悟を決めたということか」

「今も皇帝陛下がお元気になられることこそ一番であると承知しておりますし、ご回復を祈願しております。ですが、万が一のことがあれば混乱が生じることでしょう。皇太后陛下はそのことを憂いていらっしゃるのですよね」

「しっかり考えたのだな。褒めてつかわす」

気分よく笑う皇太后が自身のことを馬鹿にしているのが黄純には分かった。

だが、たとえ阿呆だと思われようとも、実利が得られるなら構わない。

「お褒めの言葉、ありがとうございます。ですが、自身だけではどうにもならないことがあり、一つ、皇太后陛下にお願い申し上げたいことがございます。どうか私が皇帝陛下にお目通りすることをお許しいただきたいのです」

「なぜそのような必要がある」

先ほどの愉快にしていた様子から一転、不快感を露にする皇太后の声に怯むことなく黄純は続けた。この程度、予想している範囲内だ。

「皇太后陛下は私が皇帝陛下によく似ていると仰いましたが、私は存じておりません。また顔立ちが似ていても、例えば黒子や痣がおありでしたら私も化粧で書き足す必要がございましょう。ですので一度もお会いしていない状態ということが不安なのです。また、このような姿でしたら、似ていると思われることもないと考えております」

「理由は把握した。だが必要性に納得ができぬ。身体特徴ならば人に調べさせてもよかろう。起きているのであればどのような表情をするのかも見られるだろうが、今はそれどころではないぞ」

「せっかくのお申し出ではございますが、いけません。ご容体ではなく、身体特徴をお尋ねになられることで要らぬ予想を生じさせる可能性がございます」

「だが会ったことのない其方が会いに行くことも不自然だろう。しかも皇族が皇族を見舞うなど、穢れの概念もあるぞ」

「今際に一目会いたいと思ってと言えば、仕方がないことだと思われるでしょう。私を見た医師は一度完治の判定を出しておりますが、再度発症したことにすれば不審に思われることもないと考えております。今のいつもとは異なる姿であれば、陛下に似ているということもございませんでしょう」

「しかし本当に再発する可能性もあるだろう。許可しかねる」

「調べましたところ、一度罹患したものが少なくとも短期間で再度罹患したことはないようです。おそらく抵抗力がつくのでしょう。ただ未来永劫起こり得ないという証明はできかねますので、陛下に絶対のお約束は致しかねます」

「なるほど。……限りなくあり得ないことを恐れるなど意味がないことだな。そのうえで完治したはずの皇弟が死ぬかもしれない危うい状況となり、兄弟の面会を最期に望んでいるということにする。見せ物であっても説得力が増すということか。お前はそのつもりで先に調べていたのだな？」

「ご想像にお任せします」

「よい。私の考えを推察し行動することは褒めてやろう」

気分がよくなったのだろう、口の端を上げた皇太后は黄純に背を向けた。

「面会の機会は設けてやろう。それまでに違和感なく具合が悪くなったよう振る舞えるよう、せいぜい練習しておけ」

「ありがとうございます」

「我が手足になる覚悟ができたのだろう。その程度の手助けはしてやらねば。其方はまだ子供だからな」

駒を手に入れたと喜ぶ皇太后。黄純は心の中で自分の今の幼さに感謝した。

（人を使うだけ使い、自分の望みを叶え続けてきた女。そこを使わせてもらう）

後日、黄純は初めて自分の兄と対面した。

対面の際、周囲には誰も置かなかった。

皇太后は皇帝が病床に臥したのち、一度も会っておらず、今回も自身から入室はしないと断言していた。

医師たちには「陛下と二人きりになりたい」と告げれば誰も異は唱えない。

そんな状況下で初めて見た兄の容体は、決して安心とは言えなかった。

だが、意識はあった。

辛うじて出せる声は掠れ、咳もひどい。

けれど、やってきた黄純を睨みつけるだけの気力はあった。

だから黄純も確信を持つことができた。

「兄上。私は皇太后の狙い通りに動きたくはございません」

その瞬間、皇帝の目が見開かれた。

「ご回復された際には、私をお使いください。できることが多いとは言えません。ですが、私も母も、国の安寧を願っております」

「おま、えは」

「皇太后は私を侮っております。子飼いだと思わせておきますので、今後もお会いできる機会を作っていただくこともできるでしょう」

「ほん……」

「本気です。状況はできる範囲で調べます。ですので……どうか、よろしくお願い申し上げます」

今の状況で作戦会議などを行えるはずもない。

だが、伝えたいことが伝えられれば十分だった。

その後、黄純のもとに皇太后は頻繁に訪れるようになった。

今までにはなかった贈り物なども用意される。

物品を送り可愛がる様子を見せれば、より懐くと信じていたのだろう。

黄純は依然皇帝は助かるということを信じながらも、万が一に備えるという姿勢を貫いている。そのうえで、兄が助かってもなんらかの形で皇太后の利益になるよう働く意思を伝えていた。

これが余計に皇太后の気持ちをよくし、現在の世の中について、また政治の状況について知ることに成功した。

(道は果てないが、できないことではないはずだ)

このまま皇太后の好きなようにさせ続け、国が滅びることなどあってはならない。

この気持ちは皇族としての責務から生まれたものではなく、自身や母の安全を守るためという想いの方が強かった。ただ、それでも民のためを思う気持ちがないわけでは決してなかった。

そして状況を知るごとに、皇族だからこそできることがあると知り、その役割を果たさなければならないという想いが生まれてきた。

そして、その決意を固めてからはや十七年が経った。

（……まあ、いまだ完全排除とまでは言っていないが、ある程度落ち着きはしているか）

皇太后派をより確実に見極めるため、平民の江遵と偽り科挙を首席合格するという実績を作ってから官吏の立場を得て、現帝が創設した蜻蛉省に副長官として就いて、今も目的のために動いている。

あからさまな皇帝派、もしくは皇帝の犬ならぬ蜻蛉だと思われることは、そもそも平民ではなく皇弟であるということを全く思い付かせない働きをしてくれていた。

（仮に皇弟のまま派手に動けば、私を担ぎ上げようとする輩が出てくることは必然だしな）

そんなことは、望んでいない。

ただただ国が平穏であり、兄が統治しやすい環境を作り、自らは帝位に関わることなく、しかしそれに寄与できればいい。

それは自分が帝位に就きたくないという単純な感情だけではなく、皇帝と同い年である皇弟が仮に政治に関心があるように装えば新たな火種になりかねないということを理解しているからでもある。

（とはいえ、実質的に後継がいない状況を作り出している皇帝に不安を抱く者も少なくはない。

後宮に関してはできるだけ兄上の助けになるような上級妃を揃えることができたはずだったん

（だが……皇太后に対する警戒がいまだ私の認識よりよほど高かったのは計算外であったか）

しかしだからこそ妃たちの普段の状況を知らせるために、画家を雇った。

できるだけ純朴で公平な視線を持っており、なおかつ姿を描けるだろう紹藍は理想的だった。

働く姿を見ればだいたいの性格は分かる。客とのやり取りも、仕事への姿勢も、文句はなかった。

そこに玲家の血筋であることは本当に関係がなかった。

（むしろ、玲家でなかった方が引け目を感じることもなかっただろうに）

しかし紹藍を見ていると、なんとなく玲藍の人となりも想像できる気がした。

皇太后が己の地位を守るため、都中の医師と薬を独占しようとした中で自らの正義を貫いた人の話は幼い頃から知っていた。だが直接会えたことがなかったことも加わって、やや人物像はぼんやりとしていた。

だが、今はきっと紹藍のように自然と己の道を貫く人だったのだろうと想像できる。

会えなかったことが悔やまれるが、玲藍に知られても恥ずかしくないよう、そして彼の娘である紹藍に呆れられるようなこともないよう、今はできることをしなければならないなと黄純は考えながら今日も江遵としての務めを果たすため、蜻蛉省内の執務室に足を踏み入れた。

番外編　名無しの手紙の落とし穴

その日、紹藍は筆写の仕事を与えられることになっていたため、朝一番に江遵の元を訪ねた。江遵はいつも早くに出勤し始業前から仕事に取りかかっているので、きっと今日もそうしているのだろうと思っていたが、珍しいことに今日は椅子の背もたれに体重を預け、足を組み、上を向いて何やらため息をついていた。

「おはようございます。何があったのですか？」

「……何かあった、ではなく断定で聞くのか？」

「どちらでも構いませんが、望ましくない事態が発生したからこそ、そのような格好をされているのかと思いまして」

淡々とした紹藍の返答に江遵は再びため息をつき、一枚の紙を紹藍に見せた。

つらつらと書き連ねられている文章に目を走らせた紹藍は、首を傾げた。

「もしや、これは恋文（こいぶみ）というものですか？」

「見た目の上ではそうなるな」

「実在するんですね」

「初めて見るのか？」

「ええ。まあ、普通はもらうことがなければ見る機会はありませんからね」

そもそも庶民にとって、恋文は馴染みのない存在だ。

もちろん紙にも金はかかるが、そこは大きな問題ではない。

人生を左右する宣言をするための紙を数枚程度買うだけであれば、品質はさておきほとんどの者が買えるだろう。

ただ、金銭的な問題がなくとも手紙を書くには手間がかかる。

識字率の問題もあり、相手が読めるかどうかも分からない。

会って用件を伝えれば済むことを、わざわざ時間をかけて回りくどい方法をとる必要性を大半の庶民は感じないのだろうと紹藍は考えている。

もっとも、面倒なので江遵に詳しい説明などする気はないのだが。

「で、どうして恋文でお困りなのですか？　断る方法が思いつかないとか、断りづらいとか、そのような問題ではないでしょう？」

「なぜ、そう言い切る」

「顔を見れば分かりますよ。江遵様はこれまでそこそこ好意を告げられた経験はあるでしょう。だから今まで断った経験も少なくはないでしょう」

「なぜそう断言できるんだ」

「顔を見れば分かります。その顔が女性受けするだろうってことくらい」

江遵は返答に窮した様子を見せた。

(別に恥ずかしいことではないのだから、堂々としていればいいのに)

いずれにしても否定はなかったので、困り事は手紙を渡されたこと自体ではなさそうだ。そもそも若くして副長官まで上り詰めている江遵が対人関係を苦手にしているという印象はない。告白を断る程度、なんとでもできそうなものだと紹藍は思う。

「……これの出所が、どこかよく分からんのが一番の問題だ」

「どういう意味ですか?」

「名前の記載はあるが、適当に名前を借りた悪戯だという可能性がある」

長い息をつく江遵に紹藍は心の中で『そんなことはないでしょう』と言いたかったが、否定しきれないとも思ってしまった。

「まあ、なんとも思っていない相手が急に自分を振ってきたら意味が分からないって普通に思いますよね。自己陶酔甚(はなは)だしい人なんだろうか、とか」

「だろう。この手紙も直接渡されたわけではなく、執務室の入り口に挟んであった。面倒ごとを避けるには無視すべきだとは思うんだが……過去に一時のものだろうと思い放置していたら付き纏いに発展し、刃物まで出てきてかなり面倒なことになったこともある」

「それは……お気の毒なことですね」

あえて他人が人気者であることを羨ましいと思ったことはないが、これまで可哀想だと想ったこともなかった。しかし面倒ごとが降りかかる可能性があるなら、自分は普通でよかったと紹藍は思う。

「って、あれ？　ここに書かれている差出人……杏花殿なら書庫の女官ですね。でも、筆跡は似ているけれど微妙に違うような」

「……なぜお前が書庫の女官の筆跡を覚えているんだ」

「資料の返却で何度か受け取りの署名をお願いしているので、名前を書いているところだけは何度か見ていますよ。まあ、他に同様の名前の人がいるかどうかは知らないですし、個人的な交流もありませんけれど」

「……本人のものではないことは、ほぼ確定か？」

「絶対とは言えませんよ。私、文字鑑定の専門技術を磨いているわけではないですし」

ただ、口にできる程度には違和感を覚えている。

いずれにしても、ここで話し合うよりは確認する方が早いだろう。

「とりあえず、確認してみればいいんじゃないですか？」

「そうだな。では、よろしく頼む」

「え、私が確認するんですか？　……って、それしかないですよね」

まさか江遵に確かめに行かせるわけにはいかないことは紹藍にも理解できる。

それに紹藍も長年の接客業の経験から、真正面からは聞きづらい話を切り出すことにもある程度慣れている。別に難しい話でもない。

「でも、これは個人的な、業務外の事案ですよね。でしたら、お茶菓子の特典くらいもらえると信じたいのですけれど」

「それで片付くのなら安いものだ。私物で筆が欲しいと言うのなら、それも上乗せしてもらって構わない」

「え、本当ですか？　それって墨でもよかったりします？」

「解決するならなんでも構わない」

その返答に紹藍は思わず目を輝かせた。

半分冗談で言ったつもりだったが、まさか了承されたうえに冗談で言ったものよりよいものを提示されるなど予想だにしていなかった。嬉しい誤算だ。

（どちらにしてもやらざるを得ない話だと思ってたけれど、これはやる気がみなぎるわ）

江遵には若干悪いとは思うが、いい仕事をもらったと紹藍は思わずにはいられなかった。

「では早速行ってきますね。そのお手紙、一式お借りしてもいいですか？」

「ああ。頼んだ」

そして紹藍は手紙を受け取った。

一度目は物珍しさで大して何も思わなかったが、あらためてつらつらと恋心を綴られたそれを見るとむず痒くなる気がした。

(しかしとことん媚(こ)びている文章にしか見えないけれど、この手紙の差出人は何を考えているのかしら)

そう思いながら、紹藍は書庫に向かった。


間違いなく国内一の規模を誇る書庫は、紙本(しほん)や木簡(もっかん)が山のように収められている。しかしそんな場所で働く者たちは、皆が皆、まるで大した広さではないかのように最短距離で的確に資料を探し当てる。今探している杏花もその一人だ。

だからいつもは頼りにさせてもらっているが、今日の目的は資料ではなく人であるので、さすがに自分で探すしかない。そうなると、この広さは少々恨めしい。

(でも、ここはできるだけ目立たないように動かないと)

親切心で声をかけられるとかえって面倒だと、紹藍は持ってきた手紙をまるで最重要資料の如く抱きかかえて書庫の中を移動する。

　とりあえずは入れ違いになる可能性も考えて書庫内を一周以上はする必要があるのだろうと紹藍は予想していたのだが、その予想はよい方に裏切られた。

　入り口から一番遠い場所まで辿り着いた時、その場で女性同士の会話が聞こえてきたのでこっそりと覗き見ると、そこには紹藍が求めていた杏花の姿があった。

（ずいぶん運がよかったこと。でも、これはすぐ出ていけそうにない状況ね）

　穏やかな会話であれば姿を見せる程度は問題ないのだが、目の前の空気はまるで修羅場だ。

　そして杏花は別の女性から強い口調で捲し立てられていた。

（何が起こっているのか分からない中で出ていくのはちょっとね）

　今見た場面だけであれば杏花が気の毒に思えるが、責めている方が興奮しているだけで、その主張が正しい可能性もある。逆に見た目通りの状況であったとしても、何が起こっているのか分からなければ援護はできない。

　一体どれほど大きな衝突があったのかと思いながら紹藍は様子を窺っていたのだが、どうやらそれはただの考えすぎであったことがすぐに分かった。

「……これだけ言えば、あなたでも理解できたでしょう？　あなたは早急に斉峰様との婚約を解消すべきよ」

（すごい。なんというか、こんなコテコテな高飛車お嬢様の演説に遭遇する日が来るなんて）

平凡な日常では聞くことがない言葉を当たり前のように口にしている女性に、紹藍はある意味感動に近い感情を覚えた。

そもそも婚約まで整っているということは、当人同士だけの話ではなく、家同士の話も済んでいるということだろう。そんな中で突然当事者が破談など申し出たところで実現するはずもない。それでももし実現させるつもりなら、当事者に言わせるのではなく自ら相手の家にでも乗り込む覚悟くらいは必要になるのではないだろうか。もっとも、それでも実現するものではないだろうが。

高圧的な態度で接してくる女を、杏花はどう対処するのだろうと紹藍は状況を見守った。もし助けが必要な状況であるなら、偶然を装い姿を現すだけで解決するだろう。なにせ人に聞かれたくない話だ。続けられるはずもない。

ただ、杏花の様子を見れば、必ずしも紹藍の働きが必要だとも思えなかった。

「ずいぶんと賑やかでいらっしゃいますが、私が辞退したところでまさかあなたが見初められると思っていらっしゃるのですか？」

その現実的で、かつ相手の気を逆なでることなど気にしない言葉が聞こえた時、紹藍は「やはりか」と思った。

杏花もこの書庫で働いている以上、怒鳴られたり喚き散らされた程度で縮こまってしまうような性格であるとは考えにくい。書庫での仕事は専門知識を有することが求められる。

つまり一般的な女性には求められない知識を身につけてここにいることだろう。

そのことで今までなんだかんだと言われたこともあるだろうし、そもそもここで働いていれば高圧的な態度でやってくる官吏だっている。それでも働き続けるならば、強い気持ちが必要だろう。

一方、喚いている女性を紹藍は見たことがなかった。

ただし個人的には今のように無謀なことで騒ぐのであれば、仕事はできなさそうだと思ってしまう。

(それにしても杏花様の言い切り方、気持ちがいいわ)

普段事務的なやり取りをするだけでは分からなかったが、わなわなと震える女官を前に涼しい顔をしている姿は見事としか言えなかった。

そして同時に確信を得た。

江遵に手紙を送ったのは、杏花ではないだろう。少なくとも彼女が結んでいる婚約を継続させるつもりであることは間違いない。ならば、わざわざ波風立てる手紙を送る必要はない。

一つの可能性が消えたことで行動しやすくなったと紹藍は感謝すると同時に、喚く女性に対し早々に撤退してもらおうと一歩を踏み出した。

「失礼、蔵書のことでお尋ねしたいのですが」

まるで何事もないかのように声をかけた紹藍に、喚いていた女性は肩を振るわせてしまうほど驚いたらしい。しかし紹藍が言い争いについて触れなかったためか、ややほっとしたような表情を浮かべ、捨て台詞のように「よく考えておくべきよ、あなたのためでもあるのだから」などと言って去っていった。

(もし本当に聞いていなかったとしても、そんな台詞を吐いたら問題が起きていましたと言っているようなものよね)

まるで絵に描いたような悪者だと感心しつつ、これで本来の用件が進められると紹藍は杏花を見た。

杏花も『ようやく騒がしい輩が去った』と言わんばかりの様子で小さくため息をついてから、あらためて紹藍を見た。

「見苦しい場面をお見せして申し訳ございませんでした。ご用件をお伺いいたします。本日はどのような資料をお探しでしょうか」

「申し訳ございません、本当は蔵書のことではなくあなたにお聞きしたいことがあって参ったのですが、あの女性がいらっしゃいましたので待機しておりました」

肩をすくめながら紹藍がそう言うと、杏花は目を瞬かせ、それから訝しげな表情を浮かべた。

「お気遣いはありがたいのですが……私に蜻蛉省の方がご用事ですか？」

全く身に覚えがない、皇帝直属の役人が個人になんの用だ、そう言いたげな表情の意味が紹藍にも分かる。

どちらかというと、警戒されているような気もしなくはない。

しかしこの微妙に張り詰めた空気の中で尋ねる内容が偽恋文の件だと思うと、申し訳なくなるのだが、これも仕事だと割り切って紹藍は懐から手紙を取り出した。

「実はお手紙を拾ったのです。お名前があなたと同じものでしたので、落とされた可能性を考えお持ちしました」

「手紙？」

ますます分からないと言いたげな様子に気付かない振りをしつつ、紹藍は手紙を差し出した。

「拝見いたします」

そして目を落とした杏花は、やがてなんとも言い難い表情を浮かべた。

「……このずいぶん頭が痛くなる文章は、少なくとも私が書いたものではございませんね」

「ええ、おおよそ予想はしております。ですが、あなたの筆跡に近いように見えるのです。偽装される可能性に、心当たりはありませんか」

そう尋ねながら、紹藍は先ほどの女性が去った方向を見た。

それは杏花も同じだったようで、すぐに返答があった。

「今しがた去った人物など、いかが思われますか？」

「ぴったりだなとは思いますが」

「私も同意いたします。動機は嫌がらせの一種かと。まったく……。私に恥をかかせたいのかもしれませんが、はっきり言って蜻蛉省の副長官様は全く私の好みではありませんので調べればすぐに判明することでしょうに」

呆れた様子であっさりと言うあたり、本当に好みが違うのだろう。

「これは完全に興味だけでお尋ねしますが、どのような方がお好きなんですか？」

「筋肉が立派な方ですね。隠れ筋肉質ではなく筋肉でございます」

「なるほど、確かに別の種類ですね」

誤魔化しのない瞳は真剣そのものであった。むしろ、その表情からは情熱が感じられた。

「残念ながら私自身はどうも筋肉を蓄えるに相応しい身体ではなかったようです。もっとも、盛り上がる筋肉を得るほどの鍛錬（たんれん）を行える環境にもないのですが……その点、斉峰（サイホウ）殿は素晴らしい。顔も合わせぬままの婚約でしたが、誠実な方で、筋肉は嘘をつかないのだと思いました」

「それは良縁でしたね」

「ですが、先ほどつっかかってきた果南殿の好みではないはずなんですけれどね。あの人は、それこそ蜻蛉省の副長官様にご執心ですし」

「なるほど」

相槌を打ちながらも、紹藍は既に十分な情報が得られたと安堵した。

（『果南』ね。ちょっと彼女の職場を訪ねさせていただきましょうか）

そう思った紹藍はその後も適当に雑談を交わしながら、『難癖をつけられそうなのでできるだけ会いたくない』という理由をつけて果南の所属をチラリと尋ねた。

そしてその質問は、杏花からは賢明な判断だと大いに賛同された。

翌日、紹藍は江遵の元に報告に向かった。

「とりあえず恋文の差出人は分かりました」

「思ったより早いな」

「偶然ですけどね。差出人は杏花殿につっかかっている果南という女官です。ちょうど私が感じた文字の違和感が彼女の本来の癖に当てはまるのですよ。彼女の職場でいくつか書類を借りて確認しました」

そう言ってから、紹藍は杏花から聞いた話も江遵にした。

「……つまり、杏花への嫌がらせでやった……と、お前は思っているのか？」

「何の目的でそのようなことをしたのか、私には分かりません。果南が個人的な感情で動いているのか、何者かが江遵様の評判を落とそうとして彼女を使っているのか、他に何かあるのか……その辺は、何も」

「逆に他の者ではないと言い切る根拠は、字の癖以外に何かあったのか？」

「断定とまではいきませんが、彼女の周囲でやや頻繁に指示書や報告書に誤記が発生しているようですね。日誌に訂正分について記録されていました」

「その問題もその女が関わっていると？　書き換え慣れしているということか？」

「まあ、可能性だけですけれど」

紹藍の言葉に江遵は項垂(うなだ)れた。

間違いだった場合責任を負いたくはないので断言はしていないが、紹藍としてはほぼ確定だと思っている。そして江遵もその意図を理解しているのだろう。

(まあ、項垂れたくなる気持ちも分かるわ。恋文の偽造をどこまで問題視できるか分からないけれど、公文書の改竄(かいざん)はまずいもの)

そしてそれを知ってしまえば、江遵が調べないわけにはいかないことも理解できる。

要は仕事が一つ増えてしまった。

とはいえ、皇帝の手足となり働いているのであればむしろ見つけなければならない悪事であるだろうし、このような突発事案もきっと「よくあること」なのだろう。

「……よくここまで調べてくれた。助かった」

「ということは、私はここでお役御免でよろしいでしょうか？」

「ああ。果南という女が何を考えているかは分からないが、おそらく同性が近づいたところで口が軽くなるとも思えんしな。一旦外れてもらって構わない。茶菓子は手配しておく」

「ありがとうございます。では通常業務に戻りますね」

よし終わった、と紹藍は一瞬思ったが、直後に引っかかりを覚える。

（一旦、って何？）

嫌な予感がする紹藍をよそに、江遵は既に何かの書類に書き付けを行っているようだった。


そしてそれから四日が経過し、紹藍の元に菓子が用意できたので取りに来いという旨の伝言が届けられた。いまだ『一旦』の言葉が引っかかりはしているものの、菓子を放置するわけにはいかないうえ、そもそも何か裏があったとしてもいずれ業務命令が下るだけだと割り切って江遵の元へ向かった。

そして、そこで江遵の他に柳偉がいたことに少し驚いた。

同時に嫌な予感が当たったのだろうと安易に想像できてしまう。

「もしかして先日の調査の続きは、柳偉様が行ったのですか？」

「ええ。話が早くて助かります」

にこにこと伝える柳偉と対照的に、今にも頭痛を訴え出しそうな様子の江遵の様子を少し不思議に思いながらも、おそらく結果を伝えられるんだろうなと紹藍は思った。

（別に興味があるわけじゃないんだけれど）

しかし関わったからには伝えておくということなのだろうか。

面白そうにしている柳偉は誰かが口を開くのを待つことなく、要点を話し始めた。

「今回問題になった女性、果南の言葉を要約します。まずは杏花殿が配置されている部署を彼女も希望しており、しかしながら能力不足で通らなかった過去があります。まずそこで嫉妬したのが発端ですね。次に自分より先によい縁談がまとまりそうであることも腹立たしく思い、偽の恋文を出したようです。婚約者がいるにもかかわらず男にうつつを抜かすような女はきっと左遷と婚約破棄を受けるだろうと思ったようですよ。それで自分が杏花殿の職務を引き継ぐ……もとい簒奪したかったのでしょう」

「それは思った以上に幼稚なお話で……。ですが、どうして江遵様が標的に？」

「この手紙を出して杏花殿を馬鹿な女であるかのように思わせ、その後に彼女に虐められているという虚偽の出来事を江遵様に相談しようと考えたようです。信じがたいことですが、彼女は自身の職務に関わりがない、かつ言葉を交わしたこともない江遵様を相談のため訪ねることができ、なおかつ相談に乗ってもらえると信じているようです」

「相談してどうするつもりだったのでしょうか……？」

「相談しているうちに自分を可憐な女性だと思わせて虜にしたかったようです」

「ぶっ」

妄想力が豊かなのだろう。

それ単体であれば結構なことだろうと思うものの、人に害が出ている時点で大問題だ。

「……ねえ、江遵様。もう少し女官も選定基準を見直さないと、江遵様も身が持たないのでは？」

「こんな馬鹿な話を陛下に申し上げ、女官の選定基準を見直すとなると頭痛がする」

「ああ……。まあ、応援申し上げます」

ただし手伝う気はさらさらない。

しかしそこまで伝えられ、気になったことがある。

「柳偉様は、どうやって口を割らせたのですか？」

柳偉の顔立ちもなかなか甘いものであるので、果南の口が軽くなることは想像できる。

ただ罪を認めよといきなり言ったところで、あっさり認めるとも思えない。

しかしそれを引き出してしまうほど口がうまいのだろうかと思っていると、柳偉はにこやかに口を開いた。

「いいえ、少々調べて別件の問題から脅し……いいえ、質問したらズルズルと引き出せたようなものです。これには紹藍殿が文書書き換えの話を掴んでくださったのが役立っていますよ。現場を押さえるまで三日で済みました」

サラッと言われた言葉に、紹藍はこれ以上詳しく聞くのはやめようと思った。

（蜻蛉省って本当に怖いところなのね……）

そしてその同僚が自分であることも非常に不思議な気持ちがした。

「まあ、恋文の件はともかく日誌の件はいけないことですので、相応の償いをしていただくことになりました」

「解雇ですか？」

「いいえ、そんな生ぬるいものではないのですよ」

「……まさか血生臭い話ですか？」

「いえいえ、それじゃ役に立たないでしょう」

「役に立つ？」

一体何を言っているのだと紹藍が思っていると、江遵が苦々しく口を開いた。

「蜻蛉省付に異動とし、柳偉の下で働かせる」

「はい？」

「受け入れるのは甚だ癪だが、柳偉が自分のもとで働かせることで償わせると言っている」

それは償いになるのだろうか？

不思議に思いながら紹藍が視線を送ると、柳偉は満面の笑みを浮かべていた。

「いいじゃないですか。こき使っても文句は言えませんよ。一見分からないように文字を似せて書くことができるのであれば、使える用途もあるかもしれませんし。まあ、紹藍殿の目は全く誤魔化せていなかったようですけどね」

「えっと……無給で、ということですか？」

「そんな人聞きの悪い。ちゃんと女官としての給金は出しますよ。まあ、悪事に加え別の弱みを握ってしまったので、静かに仕事をしますでしょうし。ある程度の能力があるから採用されているんでしょうし、大丈夫でしょう」

「柳偉は人使いが荒い。まあ、罰になり得るだろうな」

ため息をつきながらも江遵が了承したのは、そのあたりも影響したのだろう。

（胡散臭い笑顔だとは思っていたけれど……やっぱり腹黒いのね）

今後気を付けようと紹藍は思いながら、柳偉に尋ねた。

「……ちなみに柳偉様は一体どのような弱みをお知りになったのですか？　その、彼女は弱みを握られた職場で働くより辞めるという選択を取ろうとしないのですか？」

そんな紹藍の質問に柳偉は笑みを深めた。

「いろいろと欲求の高い彼女ですが、彼女は女官として大成するより、婚期を逃すことを一番恐れています」

「はい？」

「調べたところ彼女は常時数名の男に気を持たせていました。しかしより裕福だったり、顔が好みだったりする相手を見つけると一人を切り、その相手に接近しようとする。一定の相手を確保しつつより条件のよい相手を探している……そんなことをしている女だと広められたら、どう思いますか？」

そう楽しそうに言われてもどう返すのが正解なのか、紹藍には分かりかねる。

ただただ乾いた笑みが浮かぶだけだ。

「……いや、まあ、向上心の塊とも言えるかもしれませんが。とりあえず一件落着でよかったですね」

「そうだな」

「ところで私はなぜこのような報告を受けたのでしょうか。特に知らせる必要もない気がするのですが」

むしろ不正に目を瞑り自所属に迎えるということなど、わざわざ知らせてほしい事柄ではない。確かに何も知らずに果南を蜻蛉省内で見つければ疑問を抱くが、何かがあったのだろうと察して関わらないようにする。

「面倒くさい話を誰かに話し、疲れを共有したかった」

「なんですか、その誰も得をしない欲求は」

「まぁまぁ紹藍殿。あなたも部下はいませんし、必要あれば貸しますよ」

「いや、私、部下が必要になるようなお仕事はしたくないんですが……」

その申し出も純粋な好意だけであればまだ適当に流せるが、僅かであっても柳偉の仕事を聞いたあとでは遠慮するに限るだろう。

下手に受け入れれば、押し売りと共に余計な仕事を押し付けられかねない。

(人の恋文なんて関係ないと思ってたけど……関わると本当に面倒ごとしかないのね。覚えておこう)

今後役に立つことがあるか分からないが、この知識は大切にしようと思うと同時に、これを今後も味わうだろう江遵を紹藍は気の毒に思った。

「江遵様」

「なんだ」

「残念ですね」

顔を変える術はない。

ただし潰すという手段を含めれば全くないわけではないし、平和な手段もあることにはあるのだが……。

（さすがに、早く身を固めたらどうですか、とは言いにくいわね。それで収まる話かどうか分からないし、お相手が苦労するかもしれないし）

顔も見ぬ相手に苦労をかける可能性がある以上、安易に勧めるわけにはいかない。

（まぁ、私は平凡でよかったと思っておこう）

多少の問題が生じようとも、概ね平穏に過ごせるはずだと思い、紹藍は菓子を受け取りながら心の中で安堵の息をついた。

未来は分からないものの、少なくとも江遵より苦労は少ないだろうから。

あとがき

初めまして、もしくはお久しぶりです。作者の紫水ゆきこです。

この度は『宮廷墨絵師物語』をお手に取っていただき、ありがとうございます。お楽しみいただけましたでしょうか。今作は今までに書いたことがある物語とは世界観が大きく異なるため、私はいつもにも増して緊張しております。


私は自分の意思や好きなことを貫く主人公が大好きです。

よって本作の主人公である紹藍も大好きです。

ただし彼女は私が想定していた以上にブレないうえに度胸があり、肝が据わっていました。その結果、プロット段階では問題なかったはずなのに、いざ書き始めると『そんなことは言いません』とばかりに予定通りには動いてくれず、執筆中振り回されることが多々ありました。

もちろんそれはお話を書くうえで楽しいことではあるのですが、今後が想像できない面もありドキドキもしています。作者としてはただただ彼女の行先に日常の幸せが待っていることを祈るばかりです。

最後になりましたが、本作品は多くの方にご尽力いただいたことにより出版できました。

本作品にお声掛けくださいましたツギクルブックス様、担当編集様。本当にお世話になっております。そして素敵なイラストを描いてくださいました夏目レモン先生。あまりに素敵なイラストは、ラフをいただいた段階でしばらく嬉しさのあまりにやけてしまい、何も手がつかなくなるほどでした。そして校正様、デザイン御担当者様、印刷所様……その他、関わってくださったすべての方に深く御礼申し上げます。

また、読者様にも重ねてお礼申し上げます。

再びお会いできることを願いまして、あとがきとさせていただきます。

紫水ゆきこ

次世代型コンテンツポータルサイト

https://www.tugikuru.jp/

「ツギクル」は Web 発クリエイターの活躍が珍しくなくなった流れを背景に、作家などを目指すクリエイターに最新の IT 技術による環境を提供し、Web 上での創作活動を支援するサービスです。

作品を投稿あるいは登録することで、アクセス数などの人気指標がランキングで表示されるほか、作品の構成要素、特徴、類似作品情報、文章の読みやすさなど、AI を活用した作品分析を行うことができます。

今後も登録作品からの書籍化を行っていく予定です。

ツギクルAI分析結果

「宮廷墨絵師物語」のジャンル構成は、ファンタジーに続いて、歴史・時代、SF、恋愛、ミステリー、ホラー、現代文学、青春の順番に要素が多い結果となりました。

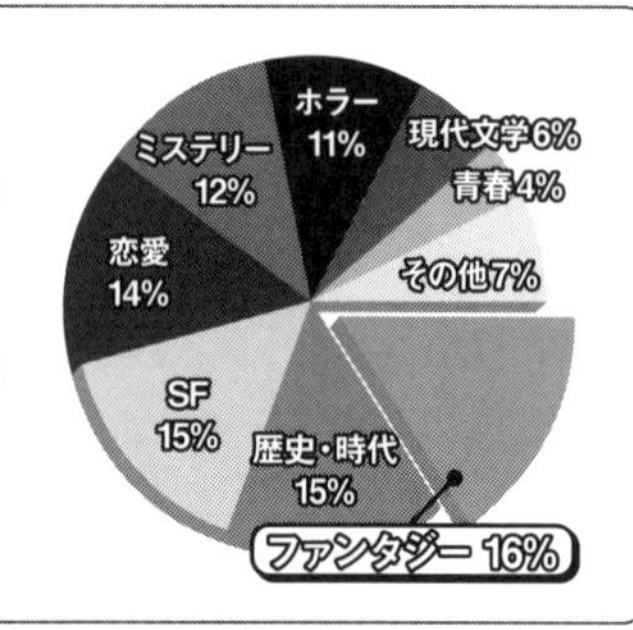

期間限定SS配信

「宮廷墨絵師物語」

右記のQRコードを読み込むと、「宮廷墨絵師物語」のスペシャルストーリーを楽しむことができます。ぜひアクセスしてください。

キャンペーン期間は2024年3月10日までとなっております。

追放
悪役令嬢の旦那様
著／古森きり
イラスト／ゆき哉
1~7
「マンガPark」（白泉社）で
コミカライズ好評連載中！
©HAKUSENSHA
謎持ち悪役令嬢
第4回ツギクル小説大賞
大賞受賞作
規格外の旦那様と辺境ライフはじめます!!!
卒業パーティーで王太子アレファルドは、
自身の婚約者であるエラーナを突き飛ばす。
その場で婚約破棄された彼女へ手を差し伸べたのが運の尽き。
翌日には彼女と共に国外追放＆諸事情により交際0日結婚。
追放先の隣国で、のんびり牧場スローライフ！
……と、思ったけれど、どうやら彼女はちょっと変わった裏事情持ちらしい。
これは、そんな彼女の夫になった、ちょっと不運で最高に幸福な俺の話。
定価1,320円（本体1,200円＋税10%）　ISBN978-4-8156-0356-4

愛読者アンケートに回答してカバーイラストをダウンロード！

愛読者アンケートや本書に関するご意見、紫水ゆきこ先生、夏目レモン先生へのファンレターは、下記のURLまたは右のQRコードよりアクセスしてください。
アンケートにご回答いただくとカバーイラストの画像データがダウンロードできますので、壁紙などでご使用ください。
https://books.tugikuru.jp/q/202309/sumieshi.html

本書は、「小説家になろう」（https://syosetu.com/）に掲載された作品を加筆・改稿のうえ書籍化したものです。

宮廷墨絵師物語

2023年9月25日　初版第1刷発行

著者　紫水ゆきこ

発行人　宇草 亮
発行所　ツギクル株式会社
〒106-0032　東京都港区六本木2-4-5
TEL 03-5549-1184
発売元　SBクリエイティブ株式会社
〒106-0032　東京都港区六本木2-4-5
TEL 03-5549-1201

イラスト　夏目レモン
装丁　株式会社エストール

印刷・製本　中央精版印刷株式会社

ISBN978-4-8156-2292-3
Printed in Japan